CORRESPONDANCE DE LOUIS RACINE

AVEC RENÉ CHEVAYE.

DE L'IMPRIMERIE A^nd GUÉRAUD ET Cie, A NANTES.

CORRESPONDANCE

LITTÉRAIRE INÉDITE

DE LOUIS RACINE

AVEC

RENÉ CHEVAYE, DE NANTES,

DE 1743 A 1757 ;

PRÉCÉDÉE DE NOTICES HISTORIQUES SUR CHACUN D'EUX
ET ACCOMPAGNÉE DE NOTES ET D'EXTRAITS,

PAR M. DUGAST-MATIFEUX.

PARIS,	NANTES,
L. POTIER, LIBRAIRE.	PETITPAS, LIBR.-EDIT.,
QUAI MALAQUAIS, 9.	RUE CRÉBILLON, 20.

1858.

INTRODUCTION.

M. Petitpas, libraire à Nantes, ayant été informé par un descendant de René Chevaye qu'il avait en sa possession une centaine de lettres, adressées à son aïeul par Racine, Bertrand, Bouhier, Desforges-Maillard, Titon du Tillet, etc., fut assez heureux, après plusieurs démarches, d'obtenir de lui cette correspondance du chantre de la Grâce et de la Religion, pour la publier. Ces précieux autographes formaient le dernier débris des relations épistolaires qu'un modeste littérateur nantais avait entretenues avec quelques célébrités du XVIIIe siècle. Les minutes de ses réponses étaient perdues ou absentes : c'était comme un dialogue dont il ne reste plus que les paroles d'un interlocuteur. Plusieurs des lettres de Racine étaient même dans un tel état de moisissure, qu'elles n'ont pu être transcrites pour l'impression qu'avec beaucoup de précaution et de soin. On les a reproduites fidèlement, sans y rien changer, sauf l'orthographe de quelques mots. Mais on a respecté l'*o* pour l'*a* usité aujourd'hui, c'est-à-dire qu'on n'a pas appliqué l'orthographe de Voltaire, pour leur laisser davantage le cachet du temps.

Quoique exclusivement et même personnellement littéraire, cette correspondance, qui commence en 1743 et finit en 1757, n'est pas dénuée d'intérêt historique. Racine rend compte à son ami de ce qui se passe dans la république des lettres. On y trouve nombre de particularités curieuses pour tout ce laps de temps. Précédant de dix années la *Correspondance* de Grimm et Diderot, elle acquiert, par suite de cette circonstance, une valeur de plus. En même temps qu'elle peut lui servir d'introduction, quoique écrite à un autre point de vue, elle servira à combler une lacune regrettable du *Journal* de Barbier, où il est à peine question de littérature. Enfin, au lieu de n'être que des lettres éparses ou fraction de correspondance, *disjecti membra poetæ*, celle-ci a le mérite de bien se suivre et de former un tout complet, du moins pour les premières années. On y a joint deux pièces de vers non recueillies dans la dernière édition des *Œuvres de Louis Racine* (Paris, Le Normant, 1808, 6 vol. in-8°), et dont nous croyons la seconde inédite. Ces deux pièces, intitulées *Épîtres de la ville de Paris au roi*, concernent Louis XV, triste sujet de poésie! Il est vrai que le personnage dit alors le *Bien-Aimé*, ne s'était pas encore révélé par les orgies du Parc au Cerf et les amours de la Dubarry.

NOTICES

SUR LOUIS RACINE ET RENÉ CHEVAYE.

Louis Racine est trop connu par ses poèmes de *la Grâce* et de *la Religion*, surtout par ce dernier, qui est devenu classique, pour qu'il soit nécessaire de s'étendre sur lui : quelques mots suffiront à notre but, renvoyant pour le surplus aux biographies ou dictionnaires historiques et à l'éloge de Lebeau, qui contient tous les faits de sa vie. Il naquit à Paris, en 1692, et eut pour père le rival de Corneille, qu'il perdit à l'âge de six ans. Boileau, consulté par lui sur une vocation qu'il croyait sentir, lui conseilla de renoncer à la poésie ; et, quoiqu'il serait à regretter qu'il l'eût suivi, cet avis donné au fils de Jean Racine était digne du judicieux auteur de l'*Art poétique*. « Jamais depuis que le monde est monde, lui dit-il, on n'a vu de grand poète fils d'un grand poète ; et d'ailleurs, vous devez savoir mieux que personne à quelle fortune cette gloire peut conduire. » La scène, en effet, n'avait point enrichi l'auteur d'*Athalie* et de tant d'autres chefs-d'œuvre : il n'avait laissé à partager entre sa veuve et cinq enfants qu'une très-médiocre fortune, qui depuis se trouva encore réduite de moitié par le fameux Système. Mais le génie des vers incarné en Louis Racine, l'emporta sur toutes les remontrances de bien-être et d'infériorité relative. Il composa d'abord le poème de *la Grâce*, et, quelque temps après, le cardinal de Fleury, en souvenir du père, qu'il avait connu, lui procura un emploi de commis dans les finances, avec promesse d'une direction des fermes. Dès lors, il résida successivement à Marseille ; à Lyon, où il se maria avec une demoiselle Presle, fille d'un secrétaire du roi, maison et couronne de France, et enfin à Soissons, où il séjourna quinze ans. C'est là qu'il acheva le poème de *la Religion*, qui resta longtemps en portefeuille, son auteur étant suspect de jansénisme ; et c'est de là que sont datées presque toutes ses lettres à Chevaye. Racine était âgé de 51 ans au début de cette correspondance, et remplissait le modeste emploi de directeur des fermes, dans lequel son éminent protecteur, devenu premier ministre d'État, l'avait délaissé. « Un poète qui chante la religion en vue d'être récompensé par les hommes, a mal choisi son sujet, » dit-il lui-même quelque part. Comme il n'était pas de la secte dominante, ses vers ne lui profitèrent point pour son avancement. *J'aimerais mieux,* lui disait un archevêque moliniste, *que vous fissiez des comédies.* Il faut aussi reconnaître qu'engagé par nécessité dans une carrière incompatible avec ses goûts, il n'avait point su allier le culte du Veau d'or à celui des Muses et du Seigneur. Il ne fut jamais financier dans l'acception connue du mot, et n'eut pas le moindre intérêt dans aucune spéculation. Il s'était contenté de servir Dieu et la poésie.

« Les malheurs de ma fortune, ajoute-t-il ailleurs, m'ont attaché à un emploi que je n'eusse jamais choisi.

> Si le ciel en mon choix eût mis ma destinée,
> Je n'irois point courir de bureaux en bureaux,
> Vérifiant journaux, bordereaux, comptereaux. »

Il est à croire qu'outre l'amour exclusif des lettres, il eut le dégoût de sa profession de commun avec le littérateur de Nantes : l'un ne fut guère qu'un financier malgré lui; l'autre, un auditeur des Comptes de nom. Sauf cet autre point de contact, nous ignorons quelles circonstances donnèrent naissance à leur correspondance. Il semble, d'après son fond exclusivement littéraire et son point de départ, qu'elle fut occasionnée par la publication du poème de *la Religion,* sur lequel Chevaye lui aurait adressé tout d'abord quelques observations, qui furent goûtées, et à la suite desquelles il se serait établi un commerce suivi de lettres entre eux. On n'y trouve du moins rien de personnel dans les premières années. Ce n'est qu'à la longue, par suite des vicissitudes que le temps apporte dans l'existence humaine, qu'on y rencontre quelques détails de famille, d'abord sur le mariage de la fille aînée de Racine, qui le débarrassa enfin d'un emploi dont l'exercice lui avait servi de pénitence en ce monde (voir lettre du 13 mars 1746); ensuite sur la mort de son seul fils, qui empoisonna ses derniers jours, comme on le verra à sa date (lettre du 30 juillet 1756). Dégoûté de ce qui faisait jusque-là le charme de sa vie, il en traîna le reste dans l'affliction, et mourut à Paris, sa ville natale, en 1763, âgé de soixante-onze ans. L'Académie des Inscriptions et Belles-Lettres et presque toutes les Académies de province le comptaient au nombre de leurs membres.

Voltaire a dit malignement de lui qu'il était *le petit fils d'un grand père;* mais il s'était ainsi lui-même caractérisé, en se faisant peindre, les œuvres paternelles à la main, et le regard fixé sur ce vers de *Phèdre:*

> Et moi fils inconnu d'un si glorieux père....

Sans briller au sommet du génie, ce qui n'est que le partage d'un bien petit nombre d'hommes, on peut occuper dans les lettres un rang honorable, et telle est la position de cette muse de famille. Elle a même fait plus que ne font d'ordinaire les enfants des héros : elle n'a point démenti sa noble origine.

Quant au correspondant de Racine, à défaut d'un homme de génie pour père, il recueillit du moins une tradition littéraire de ses parents. La Bibliothèque publique de Nantes possède une traduction manuscrite en vers burlesques des satires de Perse, faite en 1693 par Philippe-Mathurin Chevaye, lieutenant particulier et assesseur criminel au siége de Beaufort, en Anjou, qui doit être un de ses oncles. Elle se trouvait d'ailleurs avec les lettres de Racine, Bertrand, Desforges-Maillard et autres, adressées à René. Ce dernier, né paroisse de Saint-Nicolas de Nantes, le 24 avril 1698, reçut une instruction soignée à l'Oratoire de cette ville. Il y a des gens, dit La Bruyère, qui n'ont pas le moyen d'être nobles. Chevaye put le devenir, à l'aide des ressources que lui procura sa famille, en achetant une charge de conseiller-secrétaire auditeur des Comptes de Bretagne, dans laquelle il fut reçu le 12 février 1727 (1). L'extrait généalogique qu'il fournit à cette occasion, quoique simplement dressé au point de vue fiscal, montre qu'il appartenait à la bourgeoisie jouissant d'une honnête aisance (2). Il dut se marier sur

(1) « Les auditeurs de la Chambre des comptes, autrefois *clercs-secrétaires* de la Chambre, jouissent des priviléges des nobles, par l'édit de 1644, la déclaration de 1645, l'édit de 1669, et par l'arrêt du Conseil du mois de décembre 1692. C'est depuis ces diverses époques qu'on leur accorde les priviléges des nobles, qu'auparavant on leur contestait. » (*Dictionnaire géogr., histor. et polit. des Gaules et de la France,* d'Expilly, art. NANTES, par Greslan et Hubelot, tom. V, p. 45.)

(2) Déclaration que fournit Me René Chevaye, poursuivant sa réception dans une charge de conseiller secrétaire auditeur en la Chambre, que possédoit Me François Simon de la Carterie, des noms et prénoms de ses père, mère, ayeul, ayeule, bisayeul et bisayeule, tant paternels que maternels, pour être rapporté procès-verbal de perquisition de ceux de ses auteurs qui ont été comptables et sont demeurés redevables à Sa Majesté par l'issue de leurs comptes, aux fins de l'arrêt de ce jour.

Me René Chevaye, fils de René Chevaye, sieur de Gadenier, et de demoiselle Jeanne Perron, ses père et mère.

Ledit René Chevaye, fils de René Chevaye, sieur de Gadenier, et de demoiselle Renée Caillaud, ses père et mère.

Ledit René Chevaye, fils de Maurice Chevaye, sieur de la Besnaudière, et de Françoise Chopin.

ces entrefaites avec Françoise Garciau, fille du greffier en chef des fermes du roi à Clisson, qui lui apporta sans doute une grosse dot, et, ce qui est encore plus précieux, le bonheur domestique.

L'exercice de ses fonctions d'auditeur des Comptes, qui ne comprenait qu'un semestre par année, lui laissant, même pendant les six mois de service, beaucoup de loisirs, il les consacra à l'étude et surtout à la poésie latine, qu'il paraît avoir beaucoup cultivée.

> Curarum immunem cùm me Nanneta teneret,
> Cantabam, ascitis gaudens attollere pennis.

Lorsque Nantes me tenait libre de soins, dit-il lui-même dans ces vers qui servent d'épilogue à sa version d'une églogue de J.-B. Rousseau, je chantais, joyeux de m'élever sur des ailes d'emprunt. Il noua aussi de nombreuses relations avec les célébrités littéraires du temps, telles que Racine, Bouhier, Goujet, Dulard, Titon du Tillet, etc.

Contemporain, peut-être même condisciple de Bertrand et de Desforges-Maillard (1), il forma avec eux une sorte de trio poétique entre lequel régna toujours une étroite intimité. Chevaye, qui jouissait d'une fortune assez ronde, avait maison de ville et maison de campagne, vivant le plus souvent à Clisson (2). Il s'y fixa même tout à fait après l'incendie dont il fut victime à Nantes vers 1740, et qui lui consuma une collection de livres rares (voir sa lettre à la suite de celles de Racine). Bertrand et Maillard, moins favorisés que lui sous le rapport des biens de ce monde, étaient assujettis, par leurs professions d'avocat et de contrôleur du dixième, à résider continuellement l'un à Nantes, l'autre au Croisic. Cet éparpillement amena entre eux un long commerce de lettres, qui ne fut interrompu que par leurs morts successives, et dont il existe encore de curieux fragments à la

Ladite demoiselle Jeanne Perron, fille de Julien Perron, sieur de la Noe, et de Julienne Grelier, ses père et mère.

Ledit Julien Perron, fils de Pierre Perron, sieur de la Noe, et de Louise Heard.

Fait à Nantes, le 4 février 1727.

CHEVAYE; VACHER, procureur.

(*Minutes de la Chambre des comptes de Bretagne*, dans les Archives de la préfecture de Nantes.)

(1) « Mon père m'envoya faire mon cours de philosophie à Nantes, sous les Pères de l'Oratoire; j'y fréquentois les écoles de droit. » (*Préface et Mémoires historiques*, mis en tête des *Œuvres de Desforges-Maillard*, pag. VI; Amsterdam, Schreuder et Mortier, 1759, 2 vol. in-12.)

(2) « Je compte pour un de mes chagrins celui de votre demeure à Clisson : si elle était à Nantes, nous pourrions nous voir quelquefois. » (*Lettre de Desforges-Maillard à Chevaye*, du 26 décembre 1750.)

Bibliothèque de Nantes. Nous en avons extrait, pour les mettre en notes, quelques passages concordant avec ce qu'on lit dans celles de Racine. Bertrand, le plus jeune, mais dont la santé était mauvaise, décéda le premier, en 1752. Chevaye lui composa une belle épitaphe latine en style lapidaire, que nous rapporterons plus loin; puis il publia, sous le titre de *Ruris deliciæ,* une compilation des meilleurs morceaux de poésies latine et française sur les délices de la campagne, que son ami avait formée pour lui-même. Desforges-Maillard mourut ensuite, vers la fin de 1772. Nous croyons que Chevaye, quoique plus âgé d'un an, lui survécut, et, si nous ne nous trompons, il dut même terminer sa carrière à Clisson. Il ne prenait plus depuis longtemps que le titre d'auditeur honoraire des Comptes de Bretagne, ayant résigné sa charge à son fils, qui l'occupa presque jusqu'à la Révolution française. On trouve dans la liste des membres de la noblesse d'Anjou, qui se réunirent, en 1789, pour la rédaction du cahier et l'élection des députés de l'ordre aux États-généraux, les noms de René-Philippe-François de Chevaye, paroisse de Beaufort, et de René Chevaye du Plessis, seigneur d'Avrillé, paroisse de Saint-Pierre-du-Lac, qui doivent être fils ou petits-fils de notre littérateur (1). C'est sans doute l'un d'eux qui, d'après une tradition de famille peu exacte, s'étant caché dans un four, aux environs de Clisson, pour se soustraire aux républicains, y aurait été brûlé par l'incendie du bâtiment.

Autant qu'on en peut juger aujourd'hui, surtout par rapport à Chevaye, qui était fort modeste et dont il reste peu de choses, Bertrand semble n'avoir pas eu le moins de mérite des trois amis. Il y a de l'esprit et des vers heureux dans son petit volume de *Poésies diverses* (2), à la fin duquel se trouvent trois pièces de Chevaye, savoir: la traduction précitée de l'églogue de J.-B. Rousseau en vers latins (*latinis versibus expressa*), la traduction en vers français d'une ode d'Horace, et une inscription que nous allons rapporter. On verra, dans la correspondance de Racine, qu'il avait traduit en vers hexamètres la première *Épître de la ville de Paris au roi,* sur sa maladie à Metz, et quelques autres pièces. La plupart de ces versions n'existent plus aujour-

(1) Voir le *Procès-verbal des séances de l'ordre de la noblesse des sénéchaussées d'Angers, Beaufort, Baugé, Châteaugontier et La Flèche, après sa séparation des ordres du clergé et du tiers-état,* pag. 8; Angers, Mame, 1789, in-4°.

(2) Leyde (Nantes), chez Irameniotena (anagramme d'Antoine Marie), 1749, in-12, avec cette épigraphe: *Longi solatia morbi.*

. On lit, sur l'exemplaire appartenant à la Bibliothèque publique de Nantes, ces lignes autographes: « Hoc leve quidem sed sincerum amicitiæ suæ pignus, clarissimo eidemque amicissimo viro D. D. Paulo Maillard-Desforges dono dedit ipsemet operis autor BERTRAND. »

d'hui, et la perte en est légère. On conçoit qu'on traduise d'une langue morte dans une langue vivante, pour vulgariser les anciens au profit des modernes; mais tourner d'une langue vivante dans une langue morte, c'est une manie littéraire ou un exercice d'écolier qu'on ne comprend guère de la part de gens qui dépassent l'âge adulte. Rousseau, flatté comme de juste de l'honneur que lui fait Chevaye, a beau écrire à Titon du Tillet, leur ami commun : « Je ne vous dirai rien de l'églogue latine, sinon qu'elle me paraîtrait un original, et mon original une assez bonne traduction, si je voyais l'un et l'autre pour la première fois. » On ne prendra point le poète au mot, et surtout on ne prendra point le change. Ce n'était donc pas la peine de se livrer à une besogne stérile et perdue : autant faire l'office de morts qui en enterrent d'autres. Quelle utilité y a-t-il, en effet, pour les générations présentes et futures à ce qu'elles puissent lire en vers grecs ou latins, plus ou moins mauvais (*pennis ascitis*), ce qui a été mieux exprimé tout d'abord en français ou en italien? Reconnaissons cependant que l'usage de cette prosodie était encore assez commun à l'époque, même à l'Académie française, témoin le recueil de l'abbé d'Olivet, intitulé *Poetarum ex Academiâ gallicâ qui latine aut græce scripserunt carmina.* On appelait cela se rendre émule de la belle antiquité.

Ce ne fut pas là toutefois que se bornèrent les travaux de Chevaye. Il avait également composé une sorte de défense ou commentaire du poème de *la Religion,* qui ne paraît pas avoir été publié. Dans le catalogue des autographes de feu M. Parison, de Nantes, vendus à Paris en mars 1856, figurent, sous le n° 181, une épître d'Ovide traduite en vers français, et une longue lettre de Chevaye au président Bouhier, où il le prie de lui en dire son sentiment et demande, entre autres choses, s'il est l'auteur de la *Dissertation sur les duels et les ordres de chevalerie.* Nous apprenons par la réponse du président, qui décline l'attribution de cet ouvrage de Jacques Basnage, que Chevaye s'était aussi occupé d'un Traité historique sur le duel. Enfin il a laissé quelques inscriptions lapidaires, la plupart en vers latins, qui ne sont pas indignes de figurer à côté de celles de Santeuil. Nous les consignons ici, à défaut de ses réponses aux lettres de Racine, pour donner une idée de son génie. La première, qui date de la jeunesse de l'auteur, est relative à un travail de voirie, exécuté par l'ordre d'un illustre maire de Nantes :

> Quæ modo difficilis fuerat peditique molesta,
> Auspice Mellerio, commoda facta via est.

Cette rue qui avait été jusqu'ici rude et pénible aux piétons, a été rendue commode et praticable par les soins de Mellier.

La seconde fut faite pour l'île Feydeau de Nantes, qui, de grève inculte et stérile, s'était bâtie et couverte de superbes maisons, de son temps :

Languebat Ligeris vasto diffusus in alvo,
Pauper aquæ, aspectu ingratus; sed provida curat
Mens Brovii. Extemplo contractas pulchrior undas
Volvit, et invisæ cumulis miratur arenæ
Celsa superbarum succedere tecta domorum (1).

Guimar, abréviateur de l'historien Travers, en a essayé cette traduction en vers français, pour la satisfaction de ceux qui ignorent la langue latine, dit-il (2) :

La Loire, sur un sol ingrat autant qu'aride,
Languissait tristement; mais grâces à Feydeau,
Elle court et nous offre, en divisant son eau,
Des plus belles maisons une masse solide.

Le troisième, qu'il avait composée, sur la demande de Racine, pour servir de légende à son portrait (voir lettre VIII, du 11 février 1744), ne fut pas adoptée, par suite de considérations étrangères à sa forme, qui n'eût point déparé le personnage :

Hic est qui, solam pietatem carmine spirans,
Cœlo restituit demissam cœlitus artem.

Voici celui qui, ne respirant que la piété dans ses vers, a restitué au ciel l'art banni d'en haut.

La quatrième devait sans doute aussi orner le portrait de son ami Bertrand :

Seu calamum causis acuit, seu carmina condit,
Ingenium prœstans languente in corpore fulget.

Chevaye lui-même en a donné cette traduction :

Soit qu'il aide un client des grâces de son style,
Soit qu'il fasse sa cour au dieu de l'Hélicon;
Il fait voir qu'en un corps languissant et débile,
Il enferme un esprit lumineux et fécond.

(1) « Votre inscription pour l'île Feydeau est un morceau comparable à tout ce que Santeuil a fait de mieux en ce genre. J'ai bien envie que la ville en fasse usage. Elle seroit plus vraie aujourd'hui qu'elle ne l'étoit peut-être lorsque vous la fites. Sans parler des maisons de Mme Charon et de M. Valleton, M. de la Villestreux en bâtit une actuellement qui sera vraiment superbe. » (*Lettre de Bertrand à Chevaye*, du 20 novembre 1748.)

(2) *Annales nantaises*, p. 676. Nantes, an III de la République (1795), in-8°.

Enfin Chevaye lui consacra cette épitaphe, monument funèbre non moins honorable pour l'un que pour l'autre :

Hic jacet
Seraphicus-Franciscus Bertrand Nannetæus,
in supremâ Aremoricorum curiâ patronus,
marescallorum jurisdictionis procurator regius,
regiæ scientiarum et humaniorum litterarum
Academiæ Andegavensis socius.
Mortuus est,
idib. julii, anno 1752,
ætatis suæ 49
mens. 9, dies 15.
Dignus qui longiore vitâ frueretur
tum ob sua in remp. litterariam merita,
quam in urbe hac Nannetensi
mirifice ornabat et augebat,
tum societatis civilis gratiâ;
cui consiliis et calamo suo,
sicut et religiosissimæ probitatis exemplo,
egregie inserviebat.
Et si satis sibi et famæ suæ vixit,
qui, ob luculenta quæ posteris reliquit
ingenii suî monumenta,
in ore hominum semper futurus;
quâ patientiâ vitam morbosam tulit,
et quâ pietate mortem immaturam excœpit,
meliorem sibi in cœlo vitam comparavit,
et bene precare quisquis legis,
et virtutes ejus imitare.
Poni curaverunt
Amici ejus carissimi et uxor amantissima,
mœrentes.

Il existe en outre une pièce de vers français de Chevaye, imprimée sur un simple feuillet in-4° tiré à petit nombre, et qui sans doute n'a pas reçu d'autre publicité. Elle est intitulée : *Le vrai Sage,* imité d'un petit poème attribué à Virgile : *Vir bonus et sapiens.* A la fin de cette pièce on lit ces mots : « Par M. Ch., auditeur honoraire à la Cour des Comptes à Nantes, 1761, » qui caractérisent suffisamment son auteur. C'est un tableau de la vie du sage, tracé avec une simplicité antique. Nous en devons la communication à M. H. Th....., qui tient lui-même l'original de la famille. Il servira de complément à ce recueil de lettres.

Dugast-Matifeux.

CORRESPONDANCE DE LOUIS RACINE.

I.

A Soissons, le 23 juillet 1743.

Il m'est facile, Monsieur, de vous donner l'éclaircissement que vous me demandez sur la distribution des actes de la tragédie d'*Esther*. Le premier se passe dans l'appartement d'Esther, le second dans la salle du trône d'Assuérus, et le troisième dans un salon de la reine, près de son jardin. Le premier vers de cet acte désigne le lieu de la scène : *C'est donc ici d'Esther le superbe jardin, et ce salon, etc.* — De même que le second vers du deuxième acte désigne encore le lieu de la scène : *Dans ce lieu redoutable oses-tu m'introduire ?* L'auteur, qui avoit fait cette pièce en trois actes, la fit imprimer de même ; elle ne fut partagée en cinq qu'après sa mort, par l'ignorance des libraires, qui, sans avoir lu le vers d'Horace : *Neve minor, neu sit quinto productior actu* (1), s'imaginèrent que toute tragédie devoit être en cinq actes. L'auteur n'ayant rien voulu ajouter à l'Écriture sainte dans cette pièce, il faut avouer que l'action, quoique très-grande et complète, n'a pas toute l'étendue que demande

(1) *De Arte poeticâ*, v. 189. Qu'il ne soit ni plus court, ni plus long que cinq actes, le drame qui voudra être demandé et obtenir de nombreuses représentations. — Voir *Remarques sur Esther* dans les *Œuvres de Louis Racine*, tom. VI, pp. 203. 209, 216 et 17 de l'édition de 1808, Paris, Le Normant, 6 vol. in-8°.

l'action d'une tragédie. D'ailleurs, l'unité de lieu n'est pas rigoureusement observée, quoique l'action se passe dans le palais. L'auteur, que les applaudissemens reçus à Saint-Cyr n'avoient point ébloui, voulut mieux faire dans *Athalie.* Cette pièce, cependant si travaillée, fut reçue du public si froidement, que, malgré le jugement de Boileau, qui osa, lui seul, l'appeler un chef-d'œuvre, mon père mourut persuadé qu'il avoit échoué. Le mérite de cette tragédie ne fut reconnu que vingt ans après la mort de l'auteur (1).

Je ferai usage du passage du chev. Marsham, que vous m'apprenez. Je ne suis pas surpris qu'un homme, hardi dans ses opinions, ait imaginé cette origine de l'idolâtrie; mais je suis surpris que M. Pluche ait tant travaillé pour la prouver. Ce système est, comme je l'ai dit, savant et ingénieux, et même en quelques choses vraisemblable; mais M. Pluche le pousse trop loin, puisqu'il veut rapporter à l'écriture symbolique des Égyptiens généralement toutes les fables, même celles qui ont pris leur origine des héros de la Grèce. Je n'ai pas osé dire dans ma note tout ce que je pensois sur ce système, à cause de M. Pluche, pour qui j'ai autant d'estime que d'amitié (2).

Si mes ouvrages, soit dans les vers, soit dans les notes, vous font faire quelques autres réflexions, vous me rendriez service en me les communiquant; je saurai les mettre à profit. En donnant au public un poème didactique sur la Religion, j'ai dû dire comme un poète ancien : *Me raris juvat auribus placere* (3). Ces oreilles rares ne sont pas certainement celles de nos beaux-esprits à la mode à Paris. Ils n'ont pas cependant tout à fait éteint le goût pour les ouvrages sérieux et solides, puisque les libraires, en réimprimant mes deux poèmes, ont fait tout à la

(1) Voir également *Remarques sur Athalie, ibid.*, p. 234.

(2) Sur le vers 279 du IIIe chant du poème de *la Religion*.

(3) Il me convient de ne plaire qu'à de rares oreilles : termes qui sont du moins plus honnêtes que l'*odi profanum vulgus*, je hais le profane vulgaire. Tel n'était pas l'avis de Molière, qui savait tirer bon parti des impressions de la foule, et consultait même sa cuisinière avec profit.

fois deux éditions, l'une grand in-8°, l'autre petit in-12, et le débit de ces deux éditions est déjà fort avancé. On vient d'en donner une autre en Hollande, dans laquelle on a recueilli quelques ouvrages de moi en vers et en prose; ce qui m'engagera à les donner moi-même à Paris dans un second volume. Je se sais si vous avez connoissance de la fameuse lettre que le cardinal secrétaire d'État m'a écrite, au nom du Pape, sur mes ouvrages. Si vous ne l'avez pas vue, je puis vous l'envoyer (1).

Je voudrois de tout mon cœur, pour la mémoire de l'infortuné Rousseau, que le fait que vous me mandez fût véritable. Je n'en ai point entendu parler à Paris, d'où je reviens. L'édition nouvelle pour laquelle M. Seguy, héritier de ses papiers, a fait souscrire, doit paroître dans un mois. Elle sera belle pour les caractères et les vignettes; mais je ne sais comment elle aura été conduite par M. Seguy, à qui j'ai fourni plusieurs lettres curieuses de Rousseau. Quand j'aurai vu cette édition, je vous en manderai mon sentiment.

Je serai charmé d'entretenir un commerce de lettres avec vous, pourvu que vous me fassiez part librement de vos critiques sur mes ouvrages. Je vous prie d'être persuadé du respectueux attachement avec lequel j'ai l'honneur d'être, Monsieur, votre très-humble et très-obéissant serviteur,

RACINE.

Monsieur, Monsieur Chevaye, auditeur à la Chambre des comptes, Grande-Rue, à Nantes (avec le timbre de la poste).

Le cachet en cire rouge de cette première lettre porte un cygne dans le champ sur fond d'azur; ce qui semble devoir être des armes parlantes de poète. Plusieurs autres lettres ont simplement le sceau des fermes du roi.

La plupart des lettres suivantes sont adressées à Clisson, près Nantes, en Bretagne.

(1) Cette lettre du cardinal Valenti de Gonzague, datée de Rome, le 8 février 1743, se trouve en tête de la plupart des éditions postérieures du poème de *la Religion*. — Voir lettre XXIII, du 28 juin 1745.

II.

A Soissons, le 9 septembre 1743.

Je vous ai, Monsieur, une obligation véritable de la bonté avec laquelle vous me communiquez vos judicieuses réflexions, et de la politesse avec laquelle vous assaisonnez votre critique. Elle est si sage et si éclairée, qu'elle n'excite en moi que des sentimens de reconnoissance. Vos remarques, que je trouve en trop petit nombre, me paroissent toutes fondées, et je ne me défends pas comme poète, si ce n'est sur cette expression : *Mes pas effrayés* (1). J'avoue que la métaphore est forte, mais je crois qu'on la peut mettre au nombre de ces métaphores hardies, qui plaisent aux uns et sont condamnées par d'autres, comme *le lit effronté* de Boileau. Vous me faites plaisir d'examiner avec attention les notes. Dans une petite ville de province, je n'ai point trouvé de secours pour les faire. Elles m'ont cependant donné une espèce de réputation de savant ; mais les savants sont si rares aujourd'hui, qu'il est aisé à un borgne de briller parmi les aveugles. J'ai pris la grandeur des planètes dans le *Traité des Études* de M. Rollin. Il n'était pas plus grand astronome que moi ; mais il a pu aisément, à Paris, consulter les fameux astronomes. C'est ce que je ferai dans mon premier voyage.

Vous étendez trop loin votre charité en faveur de Pline le naturaliste. Il est vrai qu'il parle souvent de la nature, mais comme les mandarins parlent de la vertu du ciel, n'entendant rien que de matériel. Pline n'a pas reconnu de cause intelligente, et trouve ridicule l'opinion d'une Providence ; voici ses paroles : *Irridendum agere curam rerum humanarum illud quidquid est*

(1) Vers 34 du premier chant du poème de *la Religion*.

summum (1). Ces dernières paroles, pour dire Dieu, prouvent qu'il en parloit avec mépris. C'est ce qui a fait dire de lui au père Hardouin, dans sa préface : *Cum fuerit castis integerrimisque moribus, dum penitus naturæ scrutatur arcana, naturæ ipsius autoris oblitus* (2).

J'avoue que, dans Plutarque, Brutus ne blasphème point; mais ce mot rapporté par deux historiens a fait dire à Bayle, à l'article de Brutus, que ce Romain n'avoit point eu trop de tort de parler ainsi; et c'est comme la remarque de Bayle que j'ai fait ma note (3). Je ne crois pas qu'on puisse, par aucun principe de la morale humaine, excuser le meurtre de César; il semble même que le ciel ait pris soin d'en punir les assassins.

J'attends avec impatience la suite de vos remarques.

Il paroît depuis peu à Paris un imprimé contre l'Académie françoise, qui fait beaucoup de bruit. Elle est raillée avec beaucoup de délicatesse et d'esprit, à l'occasion des derniers discours. Les Quarante n'ont pas les rieurs pour eux. On ne connoît pas l'auteur de cette pièce. Ils ont encore quelques traits à essuyer dans le nouveau Virgile, de l'abbé Desfontaines; ce qui excite un orage contre l'abbé du Resnel, approbateur de ce livre (4). On ne se seroit pas attendu que l'abbé Desfontaines eût trouvé un approbateur dans le sein de l'Académie.

J'ai l'honneur d'être, avec un inviolable attachement, etc.

(1) Il faut rire de la supposition que ce qui est le Très-Haut prenne soin des choses humaines. (PLINE, liv. II, ch. 7.)

(2) Quoiqu'il ait été de mœurs pures et irréprochables, tandis qu'il scrute à fond les secrets de la nature, il oublie son auteur. — Voir la note sur le vers 99 du premier chant du poème de *la Religion*.

(3) Sur le vers 457 du premier chant du poème de *la Religion*.

(4) Les OEuvres de Virgile, traduites en françois, le texte vis-à-vis de la traduction, avec des remarques; par l'abbé Desfontaines. *Paris, Quillau*, 1743, 4 vol. in-8°, fig.

Traduction qui eut d'abord du succès, et qui a même été réimprimée plusieurs fois, mais qui est très-infidèle. Celle du professeur Binet lui est préférée. On a mis en doute que Desfontaines en soit le véritable auteur : plusieurs personnes prétendent qu'elle est de Fréron.

III.

A Soissons, le 3 octobre 1743.

Dans la suite de vos réflexions, Monsieur, je reconnois toujours le même goût, la même justesse et la même érudition. L'attention que vous donnez aux plus petites choses, dans les notes, me flatte infiniment, puisqu'elle me prouve que vous faites quelque cas de mes ouvrages. Je vous ai beaucoup d'obligation de votre travail, qui me sera très-utile, et j'en attendrai la suite avec impatience. Votre critique sur *l'assemblage adultère*, est fondée : peut-être cette épithète n'est pas juste ; la métaphore est trop hardie. J'ai imité mon père, qui a dit dans *Esther*, en parlant de l'idolâtrie : *Pour rendre à d'autres dieux un hommage adultère.* Je ne sais si en cet endroit l'épithète est plus juste ; on pourroit aussi la critiquer. Vous m'avez fait chercher dans Antonin le passage que vous m'avez cité, et je l'ai trouvé. Je ne sais trop ce qu'il veut dire ; il devoit comme stoïcien croire l'immortalité de l'âme ; mais, après tout, le langage des anciens sur Dieu et sur l'âme peut toujours recevoir différentes interprétations, parce qu'ils n'avoient qu'une faible idée de la substance spirituelle. Antonin me paroît un fort mauvais métaphysicien, et je vous avoue que je suis toujours en colère contre les Stoïciens, qui me paroissent les plus fous de tous ces philosophes.

Il est bien certain que ces paroles : *Sub deo justo nemo miser, nisi mereatur* (1), sont ainsi dans Saint-Augustin, et même plus d'une fois. C'est le grand principe par lequel il prouve à Julien le péché originel, et ce principe me paroît bien conforme à la

(1) Sous un Dieu juste, personne de malheureux, s'il ne l'a mérité.

raison. Ce n'est pas, à la vérité, celui des Jésuites, qui ont imaginé, je ne sais pourquoi, la possibilité d'un état de pure nature. Il y a grande apparence que M. Pope fonde aussi son système sur cette idée, que toutes choses pouvoient être dès le commencement telles qu'elles sont aujourd'hui, quand même il n'y eût jamais eu de péché. Cette supposition admise, je n'entends plus rien, ni dans la théologie, ni dans la philosophie. Ce principe de Saint-Augustin me paroît aussi certain dans la bonne métaphysique que dans la bonne théologie. Il m'a donné occasion de faire deux épîtres qui ne sont point encore imprimées.

Votre réflexion sur le mot *neveux* est la seule qui ne me paroît pas juste, parce qu'en style poétique, *neveux* signifie *enfans*, *postérité*. Adam n'a pu avoir de postérité qu'en ligne directe; cependant Boileau, parlant de lui dans l'Épître à M. Arnaud, dit :

Hélas ! avant ce jour qui perdit ses neveux,
Tous les plaisirs couroient au-devant de ses vœux.

On m'a déjà fait, comme vous, cette critique, sur le premier vers de mon Épître à Rousseau, qu'on ne peut, dit-on, entendre sans avoir lu le titre. Il m'était bien aisé de faire précéder ce vers de quatre autres, mais j'ai trouvé plus de vivacité dans ce commencement *ex abrupto*. Il est si étonnant d'entendre un homme qu'on a regardé comme l'auteur de la *Moïsade*(1), prêcher les libertins, que moi-même, dans mon étonnement, je m'écris d'abord : *Mieux que toi, cher Rousseau, qui pourroit les confondre ?* Comme mon Épître est intitulée *Réponse*, il est

(1) La *Moïsade*, que Voltaire attribue à J.-B. Rousseau, et que J.-B. Rousseau attribue à Voltaire, n'est ni de l'un ni de l'autre; mais d'un nommé Lourdet, qui, dit l'auteur des *Jugements sur quelques ouvrages nouveaux*, « n'a peut être jamais fait, en toute sa vie, que cette pièce exécrable. » (Tom. I, p. 273.)

« Rousseau ne fut jamais l'auteur d'une pièce de vers très-impie, dont on doit oublier jusqu'au titre, et qui lui fut attribuée, parce qu'on lui attribuait alors tous les vers scandaleux, et qu'il y avait donné lieu : ce qu'il a toujours avoué en gémissant. » (*Lettre de Louis Racine, à M. D.*, du 4 janvier 1649, tom. VI de ses *OEuvres*, p. 615.)

vraisemblable qu'on la lit après avoir lu l'épître à laquelle je réponds. Voilà ce que je pense, mais je puis me tromper(1). J'attendrai aussi vos réflexions sur cette épître, qui ne sera réimprimée qu'après le poème. Je voudrois bien pouvoir vous envoyer un exemplaire de l'édition de Hollande que je viens de recevoir. Comme elle contient quelques autres ouvrages dont on fera un recueil à Paris, je profiterai auparavant de vos réflexions; mais je ne sais comment pouvoir vous adresser cet exemplaire.

Voici un horrible orage qui vient de fondre sur l'abbé Desfontaines : on le dit caché. Ses observations sont supprimées par arrêt, et son Virgile remis à des examinateurs pour y faire mettre des cartons; jusque-là, délibération de l'Université pour en interdire la lecture aux écoliers. Cet homme, *ingenio periit qui miser ipse suo*, a certainement beaucoup d'esprit; mais il en fait quelquefois mauvais usage, et il n'est pas étonnant qu'il se soit attiré beaucoup d'ennemis. Je m'imagine tous nos petits auteurs bien contens, et je les compare à ces souris qui, dans La Fontaine, sortent de leurs trous avec confiance, quand elles voient Rodillard pendu(2).

Vous avez bien raison de dire que notre siècle est celui de la critique. On ne veut que critiquer, mais le fait-on bien? Les juges éclairés sont aussi rares maintenant que les bons écrivains. Une autre fois je vous entretiendrai de ce que je pense sur nos

(1) Racine le crut plus tard, car aujourd'hui cette épître commence par deux vers préalables à celui-ci, modifié lui-même en conséquence :

> De ton zèle contre eux, qu'ils seront étonnés
> Ces esprits par l'orgueil dans l'erreur obstinés !
> Eh ! qui peut mieux que toi, cher Rousseau, les confondre ! etc.

(2) « Je voudrois pouvoir vous envoyer la lettre de l'abbé Desfontaines sur trois discours de l'Académie; je l'ai, mais elle est à courir. C'est une satire des plus vives, et on le trouve justement puni. On a débité qu'il étoit chassé du royaume; mais cela ne se confirme pas. Ce qu'il y a de certain, c'est qu'on lui a coupé la plume par un arrêt du Conseil que j'ai lu, et où il est fort maltraité. Tout franc, j'en suis fâché par rapport à ses observations, qui avoient certainement leur utilité. Je m'en rapporte à vous qui en avez vu une partie. Je n'ai point encore acheté son Virgile, qui paroît en trois formats différents, dont les prix sont 48, 12 et 10#. » (*Lettre de Bertrand à Chevaye*, du 6 décembre 1743.)

poëtes modernes; je n'ai plus de place que pour vous assurer de l'inviolable attachement avec lequel j'ai l'honneur d'être. etc.

IV.

A Soissons, le 26 octobre 1743.

Voici, Monsieur, un exemplaire de l'édition de Hollande. Vous trouverez, dans le poëme de *la Religion* et dans les notes, quelques changemens. Ils auroient été plus considérables, si j'eusse été plus tôt éclairé par vos excellentes remarques.

Je vous prie de lire les pièces que vous ne connoissez point encore. Comme le libraire de Paris veut aussi les imprimer, je serai charmé d'avoir votre avis, avant que d'y passer la lime; prêt à changer et à supprimer ce qui ne sera pas du goût d'un juge aussi habile.

J'ai l'honneur d'être, avec un inviolable attachement, etc.

V.

A Soissons, le 16 novembre 1743.

Je sais, Monsieur, que Pierre le Foulon voulut ajouter au *Trisagion* ces mots : *qui a été crucifié pour nous*. J'ai cherché dans M. Fleury le fait dont vous me voulez parler ; mais je ne l'ai point trouvé, et je n'y vois point d'Anastase, patriarche de Constantinople du temps de Pierre le Foulon (1). Il est certain que nous disons en poésie *trois* pour un nombre indéfini, comme dans le premier vers d'Esther : *O jour trois fois heureux!* mais ici le même mot auroit toujours application à la Trinité, ce qui ne peut se dire de J.-C.

Nous traitons sévèrement nos poètes françois, quand nous exigeons d'eux des liaisons toujours claires, même dans le style sublime. En trouve-t-on dans les épîtres d'Horace, quoiqu'écrites en style simple? Que de peines souvent pour entendre la suite de son discours! Dans les épîtres de M. Pope, qu'on a tant vantées, je ne vois ni suites, ni liaisons, ni conséquences, ni même principes. Cependant on y veut trouver une belle morale. Je le crois sincère catholique, mais il y a apparence qu'il a des manières angloises de penser, bien différentes des nôtres. *J'ai impatience que vous lisiez sa lettre et la deuxième du chevalier de Ramsay.* Vous les trouverez dans le livre que je vous ai envoyé et qui, je crois, vous sera bientôt remis. Comme je n'approuve point toute cette édition, si vous y trouvez quelque pièce frivole, mandez-le moi sincèrement : je profiterai de vos réflexions lorsqu'on réimprimera à Paris.

Soyez certain, Monsieur, que je vous demande encore des critiques. Les vôtres sont si sages et si éclairées, qu'elles m'ont dégoûté des louanges ordinaires, comme les bons vins qui ont

(1) « Lorsque le prêtre arrivait à l'autel, c'était un usage dans l'Église d'Orient, que le peuple chantât : *Dieu saint, Dieu fort, Dieu immortel*, et c'est ce qu'on nommait le *Trisagion*. (PHOTIUS, *Bibliothec., cod.* 222.) Pierre le Foulon avait ajouté au *Trisagion* ces mots : *qui avez été crucifié pour nous, ayez pitié de nous*. Cette addition, qui pouvait avoir un bon sens, était employée par les Eutychiens, et devint suspecte aux catholiques; ils jugèrent qu'elle contenait la doctrine de ces hérésiarques, qui niaient que le corps du Christ fût humain et prétendaient que la divinité avait souffert, etc. » (*Dictionnaire des hérésies*, par Pluquet, au mot *Eutychiens.*)

C'était Macédonius qui était patriarche de Constantinople, et non l'empereur Anastase, du temps de Pierre le Foulon ou de Gnaphée, qui, après avoir été moine, était devenu évêque d'Antioche.

quelque amertume, dégoûtent des vins doucereux. Je voudrois qu'une personne, capable comme vous de juger du fond et de la forme, fît de l'ouvrage un examen critique et suivi, en faisant voir ce qu'il y a de solide et de défectueux. Cet examen confondroit ceux qui, par aversion pour la matière, ont fait contre moi de frivoles objections. Les uns voudroient des fictions, des épisodes qui écartassent du sujet; d'autres soutiennent que je ne prouve rien, et ceux qui ne veulent pas croire, ne trouvent jamais rien qui soit prouvé. Enfin on semble se réunir, pour mettre le poëme de *la Grâce* au-dessus. Je ne suis pas étonné que les femmes pensent de cette façon. Un ouvrage sur un sujet de sentiment plaît toujours davantage, qu'un ouvrage de raisonnemens, souvent abstraits, qui ne sont pas à la portée de tout le monde. Mais je suis persuadé que les personnes éclairées pensent très-différemment. Un écrit sur cette matière pourroit être utile et donneroit occasion à l'homme de lettres et plein de religion de dire bien des choses solides et agréables, et même de déconcerter plusieurs beaux-esprits de Paris, qui n'entendent rien dans cette matière, et quelquefois s'entendent fort mal en poésie.

Le Virgile in-8º de l'abbé Desfontaines charme les yeux, par la beauté de l'édition et des gravures. Je voudrois qu'il fût aussi parfait pour tout le reste. Il l'a travaillé trop rapidement. Au lieu de recherches savantes sur Virgile, ses notes sont pleines de choses qui n'y ont aucun rapport; à tout moment, il cite le P. Catrou, pour décrier sa traduction (1) : il ne falloit la décrier que par une autre beaucoup meilleure. Quand un homme s'est érigé en censeur universel, il ne doit pas donner prises contre lui aux censeurs.

Le nouveau Rousseau est magnifique par le papier et les caractères; mais dans ces trois énormes volumes in-4º, on ne trouve ni notes, ni avertissement, ni vie de l'auteur, quoique l'éditeur l'eût promise. Il la donnera dans la suite, et je m'imagine

(1) Œuvres de Virgile, traduites en prose poétique, avec des notes historiques et critiques, par le P. Catrou, jésuite. *Paris, Barbou*, 1716, 6 vol. in-12; nouvelle édition, *ibid.*, 1729, 4 vol. in-12.

qu'il projette une autre édition ou du moins un 4e volume. Si les souscripteurs sont obligés de l'acheter, ils se plaindront (1).

J'ai l'honneur d'être, avec un inviolable attachement, etc.

VI.

A Soissons, le 26 décembre 1743.

J'espère, Monsieur, que vous avez reçu maintenant le livre que je vous ai envoyé, et que, dans votre première lettre, je recevrai votre jugement sur plusieurs petites pièces, qui cependant ne méritent pas beaucoup votre attention.

J'accepte avec bien du plaisir l'engagement que vous prenez avec moi, dans la confiance que j'ai que vous me tiendrez parole. *J'ai toujours souhaité un examen critique de mon ouvrage, par un homme également capable de juger et de la forme et du fond.* Vous serez et pour l'un et pour l'autre un juge aussi

(1) Œuvres de J.-B. Rousseau, nouvelle édition, augmentée (publiée par Seguy). *Bruxelles (Paris, Didot)*, 1743, 3 vol. in-4°. — Bonne édition.

« J'ai vu la nouvelle édition de Rousseau en 4 vol. in-12. On n'y voit point, non plus que dans celle in-4°, la vie de l'auteur, et je vous avoue que j'en suis surpris. Peut-être l'éditeur n'a-t-il osé tenter un ouvrage où il falloit nécessairement entrer dans des discussions délicates, et marcher, comme on dit, sur la cendre chaude. Au surplus, il n'y a de nouveau dans ces deux éditions que les lettres qui forment les deux tiers du 4e vol. in-12. Je les ai lues avec plaisir ; elles font également honneur à l'esprit et aux sentimens de l'auteur. » (*Lettre de Bertrand à Chevaye,* du 6 décembre 1743.)

L'éditeur Seguy, frère de l'abbé, avait composé une longue préface, contenant des détails sur la vie et les ouvrages de Rousseau : il paraît que l'autorité la fit supprimer dans la presque totalité des exemplaires; circonstance qu'ignoraient Racine et Bertrand. Le catalogue de la vente Solvet (1822) citait un exemplaire de cette édition in-4°, avec une Notice manuscrite et inédite sur la vie de Rousseau, écrite tout entière de la main de Seguy.

éclairé qu'équitable. Quand je vous ai parlé de louanges, je n'ai point entendu celles qui ne flatteroient que le poète. Je n'ai garde d'imiter Cicéron, qui prioit un historien de relever son consulat, même un peu au delà de la vérité. Ma gloire, ou pour mieux dire avec Cicéron, *gloriola nostra*, n'est pas ce qui me touche; mais je ne suis point indifférent à la gloire de l'ouvrage, dans ce qui regarde la manière dont le sujet y est traité. Je crois qu'il seroit important de faire voir à ces prétendus beaux-esprits, qui disent que *toutes ces preuves ne prouvent rien*, que toutes les preuves les plus grandes, enchaînées les unes dans les autres, sans avoir l'air d'argumens, forment un corps de lumière capable d'éclairer quiconque ne cherche pas à s'aveugler. Le plan de l'ouvrage fournit, je crois, un vaste champ à de solides réflexions. Il n'y a eu de critiques imprimées, que celle généralement attribuée à Voltaire, et qui, loin d'être une critique sérieuse, n'est qu'une petite brochure méprisable, à l'esprit de malignité près; et, à l'égard du fond, on voit tout d'un coup que l'auteur n'est pas capable d'en juger (1). Le journal de Trévoux y a daigné répondre. Quoique j'y aie cru reconnoître M. Voltaire à plusieurs traits, je ne dois point croire qu'il y ait eu la moindre part, puisqu'il m'en a assuré.

Les critiques les plus communes ont été de dire qu'un poème sans fictions et sans épisodes, devoit être ennuyeux. Il est aisé de montrer que toute fiction aviliroit un sujet si grave, et que ce poème est rempli d'épisodes; mais que ces épisodes n'ont rien d'étranger au sujet, et consistent en descriptions qui servent à délasser des raisonnemens. Je crois aussi qu'il est aisé de montrer, en avouant que la poésie didactique est moins agréable que toute autre, et même qu'elle est nécessairement froide, qu'elle a des beautés très-grandes. Les *Géorgiques* ont moins de lecteurs que l'*Énéide* n'en a, et l'*Art poétique* de Boileau, amuse beaucoup moins que son *Lutrin*. Chaque genre de poésie a son

(1) Conseils à M. Racine, sur son poème de *la Religion*; par un amateur de belles-lettres. *Sans lieu ni date* (1742), in-8° de 14 pp.

A la page 11, l'auteur cite quatre vers de la *Henriade*, avec des changements qu'on ne trouve point dans l'édition de Kell, donnée par Beaumarchais.

objet. Celle qui est destinée à instruire peut être beaucoup plus parfaite, quoique moins agréable.

Les ennemis du poème de *la Religion* ont conclu leurs critiques en disant que le poème de *la Grâce* valoit beaucoup mieux. Je ne crois pas que les connoisseurs pensent de même.

Je voudrois que vous puissiez trouver l'extrait que les journalistes de Trévoux ont fait du poème de *la Religion :* il est du mois de septembre 1742. Cet extrait fort long est bien écrit; et, quoique sur quelques points je ne pense pas comme les journalistes, je ne puis que louer la douceur et la politesse avec laquelle ils soutiennent leurs sentimens.

Je vous souhaite une heureuse année, et vous me la rendrez heureuse si vous ne la laissez pas passer sans m'envoyer l'ouvrage que vous me promettez.

J'ai l'honneur d'être, avec un inviolable attachement, etc.

VII.

A Soissons, le 3 février 1744.

Je suis bien récompensé, Monsieur, du présent que je vous ai fait. Mon livre m'a valu de très-judicieuses critiques, dont je ferai bon usage. Le seul mot que vous me dites sur l'ode VI, p. 318, aura son effet. Cette ode ne paroîtra pas dans l'édition de Paris, dont je serai le maître. Votre réflexion sur le système de l'âme des bêtes est très-belle, et m'en fournira plusieurs dont je tâcherai de faire usage. L'opinion des anciens sur l'âme du monde, étant bien expliquée, est véritable : *Spiritus intus alit, totamque infusa per artus mens agitat molem, etc.* (1). L'intelli-

(1) Un souffle nourrit au dedans, et un esprit répandu dans les membres agite toute la masse. (Virgile, *Énéide*, liv. VI, v. 726-27.)

Les Saint-Simoniens enfantinistes se sont servis de l'hémistiche virgilien

gence paroît dans ces ouvrages, sans y être, parce que l'intelligence, qui est répandue partout, conserve tout ce qu'elle a créé.

Le lieu de la scène de mon ode sur la Paix n'est pas dans les Champs-Élysées, comme vous le croyez, mais dans le temple de la Gloire, où je rassemble tous les grands hommes en tout genre. Mais vous me demanderez pourquoi je mets ce temple sur le Parnasse? Parce que le terrain m'a paru très-convenable, et que les poëtes bâtissent où ils veulent et tant qu'ils veulent, j'entends en vers; ce qui me rappelle un mot de l'Arioste. Il s'était fait bâtir une petite maison conforme à sa fortune : on lui demanda pourquoi il se logeait si mal, lui qui, dans son *Roland*, avoit élevé tant de palais magnifiques. Il répondit qu'il était plus aisé de bâtir en vers qu'en pierres. Au reste, cette ode, que quelques connaisseurs estiment aujourd'hui, fut cruellement déchirée à sa naissance. Elle excita la fureur de nos beaux-esprits; ce qui engagea Rousseau, avec lequel je n'étais point en liaison, d'en écrire son sentiment à un de mes amis. Son éloge trop pompeux redoubla la fureur de mes critiques, et m'engagea à mettre, par reconnoissance, dans mon ode sur l'Harmonie, la strophe que vous n'avez pas approuvée. Depuis ce temps, j'ai été avec lui en grand commerce de lettres (1).

Je pense comme vous sur M. Pope : s'il pense bien, il s'explique mal. La traduction en prose de son poëme me scandalise

dans l'élaboration de leur panthéisme. Ils dirent d'abord : *Dieu matière*, expressions qui annonçaient un projet tout en impliquant un dualisme; puis *mens agitat molem*, ce qui était encore manquer à leurs intentions; ensuite *tout est dans tout*, jeu de mots à la Jacotot qu'on peut interpréter comme on veut, et enfin *Dieu est l'infini manifesté par le fini*. A ce compte, êtes-vous granit, huître, parricide, vivant, mort, êtes-vous Spinoza ou M. Enfantin? vous êtes Dieu. Réjouissez-vous, membres quelconques des trois règnes de la nature, on vous trouve dignes de recevoir la divinité, *dignus visus es accipere divinitatem!* Voir, dans la *Lettre d'un disciple de la science nouvelle aux religionnaires prétendus Saint-Simoniens*, par Roux, la curieuse note n° 1 de M. Buchez, qui leur fut adressée en octobre 1829.

(1) Voir lettre de J.-B. Rousseau à Hardouin, du 14 mai 1736, et réponse de Louis Racine à Rousseau, du 25 juin, dans les *OEuvres de Louis Racine*, tom. VI, p. 592-94.

encore plus que celle de l'abbé du Resnel ([1]). Quoi qu'il en soit, sa lettre est importante, puisqu'il déclare ses sentimens d'une manière si positive ; mais il faut avouer que le génie anglois, amoureux d'une métaphysique guindée et inintelligible, n'est pas propre à parler de la morale.

Ce que j'ai dit à la page 306, m'attire, de votre part, une question qui me prouve votre amitié. Cette ode fut adressée à M. d'Aguesseau, conseiller d'État, marié en même temps que moi. Je fus faux prophète. Son hymen est encore stérile, le mien ne l'a pas été ([2]). J'ai deux filles et un fils qui a dix ans, dont l'éducation est le plus cher de mes soins. Je ne le conduirai, selon les apparençes, ni au Parnasse, ni à l'hôtel des Fermes ([3]), ni au parti qu'on nomme Janséniste, quoiqu'on m'accuse d'en être. Je m'étais toujours douté, à la lecture de vos premières lettres, que vous n'en étiez pas : votre dernière lettre me le confirme. Je crois plus encore, je crois que mon système sur la grâce n'est pas le vôtre. Je ne vous demande pas de relire ce poème, mais seulement la préface. L'endroit où je parle d'une question qui sera toujours inexplicable, me paroît éloigner tout esprit d'entêtement. Si j'ai fait quelques changemens, ce n'a été qu'en vue de me rapprocher de St-Thomas, non que je l'admire plus que St-Augustin, mais parce qu'il est aujourd'hui le plus fort. Son système est soutenu hautement en Italie, en Espagne, en Flandre, et devroit l'être par les Jésuites mêmes. Ils y sont engagés par leurs constitutions, mais les temps sont changés. Du

(1) « La version de l'abbé du Resnel, en vers, n'est pas assez littérale, et celle de M. Silhouette, en prose, l'est trop. » (*Dictionnaire historique* de Chaudon et Delandine, art. Pope.)

(2) Mais pour toi dont le sang jamais ne dégénère,
D... ne crains rien :
Tu recevras des Dieux, digne fils de ton père,
Un fils digne du sien.

(Strophe de l'*Ode III* sur l'Hymen, adressée, en 1730, à M. D..., t. II des *Œuvres de Louis Racine*, p. 15; Paris, Le Normant, 1806, 6 vol. in-8°)

(3) Racine était alors directeur des Fermes, à Soissons.

reste, je crois que, dans cette question, tous les esprits raisonnables s'accordent sur les deux importantes vérités.

Il est vrai qu'à la page 302, je ne parle pas chrétiennement; mais on voit assez que ce n'est qu'un badinage poétique. Cette ode fut faite à Fresne, où j'accompagnois un grand magistrat dans son exil; il étoit alors mon Alcandre (1).

Comme Rousseau a mis le titre d'*Odes sacrées*, j'ai mis celui d'*Odes saintes*, qui me paroît bon, puisque nous appelons les tragédies tirées de l'Écriture sainte, *Tragédies saintes*, et non pas *sacrées*.

Ce que vous appelez style tempéré, à l'occasion de l'ode III, me paroît convenir aux choses de sentiment. Ce n'est point alors qu'il faut employer des vers pompeux, mais un style naturel, conforme aux sentimens du cœur; et ce style est le plus difficile. Il règne dans l'ode qui est ma favorite, et que j'ai intitulée *les Larmes de la Pénitence*. Je ne sais pourquoi vous ne m'en avez rien dit. Ce style ne paroît simple que depuis que Voltaire a accoutumé nos oreilles à ces vers pompeux, que Rousseau appelle boursouflés. Je ne dirai pas comme lui en *style de Brébeuf, enguenillé des rimes du Pont-Neuf;* mais il est certain que les vers naturels sans être prosaïques, et harmonieux sans pompe, sont ceux qui conviennent aux choses de sentiment.

Je vais passer six semaines à Paris. Si je vous y suis bon à quelque chose, mon adresse est *rue Ste-Anne, près les Nouvelles-Catholiques, chez Mme Presle* (2).

J'ai l'honneur d'être, Monsieur, etc.

(1) Le chancelier d'Aguesseau.—Il s'agit là sans doute d'une strophe de l'*Ode I*, datée de 1720, où il est question d'Apollon et des Muses; *ibid*, p. 7.

(2) Belle-mère ou belle-sœur sans doute de Racine, qui avait épousé, à Lyon, en 1728, une demoiselle Presle, fille d'un secrétaire du roi, maison et couronne de France.

VIII.

A Paris, le 11 février 1744.

J'ai reçu ici, Monsieur, la lettre que vous m'avez fait l'honneur de m'y adresser. Je serai fort aise, si je puis avoir vos réflexions sur le poëme de *la Religion* dans deux ou trois mois. Les libraires se disposent à en faire, dans ce temps, une nouvelle édition qui sera fort jolie. A l'égard du poëme sur *la Grâce*, il ne m'est plus permis d'y toucher. Il fut examiné autrefois par d'habiles théologiens. J'avoue que ceux qui suivent un système différent peuvent y trouver des erreurs, parce qu'en théologie, tout ce qui n'est pas notre sentiment nous paraît erreur. Pour moi, je suis ami de la paix; je n'accuse point ceux qui ne pensent pas comme moi, et je suis fort éloigné de les condamner.

J'ai eu l'honneur de dîner chez M. Titon du Tillet, qui conserve toujours ce même zèle pour l'honneur de sa patrie. Je n'ai pu que faire une lecture rapide de la pièce que vous lui avez envoyée, dans laquelle j'ai reconnu votre goût et votre piété. Vous avez sanctifié un sujet qui n'avoit point encore inspiré des idées si sages. M. Titon m'a dit qu'il feroit mettre cette pièce en musique. J'ai appris par lui que vous ne vous borniez pas aux vers françois, et que vous étiez aussi très-bon poète latin.

Si votre imagination vous inspiroit par hasard deux vers latins pour mon estampe que les libraires doivent faire graver, quel honneur je vous devrois! Le latin me paroît plus propre à ces inscriptions que le françois. Il suffiroit de dire que j'ai eu le louable dessein de rappeler les muses à la religion, et la poésie à son origine.

Vous savez que Voltaire a remis *Mérope* sur le théâtre, et qu'on la revoit avec de grands applaudissemens (1). Quand le parterre, dit-on, sait que l'auteur est dans une loge, il demande à le voir. Il faut que Voltaire se montre, et, à cette vue, les applaudissemens du public redoublent. Voilà une gloire, *si qua est ea gloria* (2), dont Corneille ni mon père n'ont jamais joui. Ils n'essuyoient que contradictions. Voltaire est toujours admiré. Vivra-t-il autant qu'eux? Je n'en sais rien; mais il ne pourra pas se plaindre, comme Martial, de ce que *post fata venit gloria* (3). La sienne l'accable de son vivant.

Je ne vous entretiendrai pas de nouvelles de littérature. De quoi vous parlerois-je? de quelque roman, de quelque conte, des *Mémoires turcs*, ou d'*Acajou* (4). Malgré l'étonnant succès de ce dernier ouvrage, l'auteur, mon confrère à l'Académie, proteste hautement qu'il n'en fera plus dans ce genre, et qu'il ne s'attachera désormais qu'à des ouvrages solides.

Je retourne à Soissons dans quinze jours.

J'ai l'honneur d'être, avec un inviolable attachement, etc.

(1) « La *Mérope* fut achevée d'imprimer la veille de Pâques. Marie m'a gratifié d'un exemplaire. En voici un autre que je vous prie de vouloir bien accepter. Plus je lis cette pièce et moins je m'étonne du succès qu'elle a eu. Le sujet en est très-intéressant, et en même temps fort simple; point d'amour, point d'épisode, et je trouve beaucoup d'art à avoir conduit, sans ce secours, la pièce à cinq actes dont aucun ne languit. La versification en est mâle et sententieuse sans excès. » (*Lettre de Bertrand à Chevaye*, du 10 avril 1744.)

(2) Si c'est une gloire.

(3) Après la mort vient la gloire.

(4) Mémoires turcs, avec l'histoire galante de leur séjour en France, par un auteur turc, etc. (Godard-Daucourt). *Amsterdam* (*Paris*), 1743, 2 vol. in-12. Souvent réimprimés. La sixième édition parut en 1776, avec une dédicace à la fameuse courtisane Duthé.

Acajou et Zirphile (par Duclos, conte composé sur les estampes d'un autre conte intitulé : *Faunillane, ou l'Infante jaune*, par le comte de Tessin, et orné des mêmes estampes). *Minutie* (*Paris*), 1744, in-4° et in-12, avec fig. — On en tira, dans le temps, le sujet d'un charmant opéra comique.

Duclos était, en effet, membre de l'Académie des Inscriptions et Belles-Lettres, comme Racine. Il tint parole, car il a publié, depuis lors, l'*Histoire de Louis XI*, dont il sera question dans la lettre XIX ci-dessous, *Considérations sur les mœurs de ce siècle*, *Essai sur les ponts et chaussées*, *la voirie et les corvées*, *etc.*, *etc.*

IX.

A Soissons, le 8 mars 1744.

Les nouvelles remarques que vous venez de m'adresser, Monsieur, me font contracter avec vous de nouvelles obligations, et votre lettre me confirme dans l'espérance que vous ferez un examen suivi du poème de *la Religion*, à charge et à décharge. Vos critiques justifieront vos éloges. Ainsi je vous demande d'abord de la sévérité, et je dis en m'appliquant ce vers de Thésée à Neptune : *Racine à vos rigueurs connoîtra vos bontés.* Vous pouvez vous étendre sur les objets qu'on auroit pu encore embrasser dans un pareil ouvrage, et sur les ornemens qu'on auroit pu y ajouter ; et faire voir qu'un pareil sujet est plus grand et plus propre à la poésie qu'on ne le croit d'abord. Je n'en ai pas tiré tout ce qu'on pouvoit en tirer, parce que *non omnia possumus omnes* (1), et que surtout j'ai eu peur d'être trop long dans un sujet de cette nature, traité d'une manière didactique. Cette espèce de poésie est aisément ennuyeuse, quelque belle qu'elle puisse être, et je ne sais comment l'*Anti-Lucrèce* du cardinal de Polignac, qu'on dit de douze mille vers, trouvera des lecteurs impatiens d'arriver à la fin.

Mon dessein n'est pas d'ajouter de nouveaux morceaux à mon ouvrage. Bien des raisons m'arrêtent, et je suis contraint de plus d'une façon. Je me contenterai de quelques coups de lime sur le style, et, dans cette intention, j'ai relu plus d'une fois vos judicieuses remarques. J'en suivrai un grand nombre, dans mes corrections, et si je ne les suis pas toutes, ce sera souvent par faiblesse. On ne peut toujours faire le mieux ; quelquefois aussi,

(1) Tous nous ne pouvons pas tout.

je ne penserai pas de même. Souvent une chose paroît défectueuse à une personne de goût, et ne choque point une autre personne d'un goût égal. Mais quand toutes deux, sans s'être entendues, s'accordent dans la même critique, alors l'auteur a tort : voilà la règle que je suis.

Je conviens avec vous que j'aurois pu mettre une invocation, mais il m'eût été difficile de n'y pas dire des choses communes, et de la bien accorder avec la prière que j'adresse à Dieu à la fin du Ve chant, dont j'ai pris le motif dans ce verset de psaume : *Peccatori dixit Deus*, etc. Enfin je ne vois pas la nécessité d'une invocation. J'avoue que Virgile, à la tête des *Géorgiques*, invoque les Divinités de la campagne ; mais Boileau, qui avoit si beau jeu, en invoquant les Muses et tout le Parnasse, ne met à son *Art poétique* ni exorde, ni invocation, ni dédicace.

Vous m'avez fait connoître deux passages des *Questions naturelles* de Sénèque, dont je ferai usage, et qui semblent faits pour mes notes. J'ajouterai à cette édition plusieurs notes agréables.

Vous me surprenez, en me mandant que Scaliger a soupçonné quatre couleurs. Scaliger n'étoit pas initié dans les mystères de la physique, et j'avois cru que le système des couleurs primitives, ou des rayons colorés, avoit été un mystère jusqu'à Newton. Certainement Descartes n'en avoit rien soupçonné.

J'ai eu l'honneur, à Paris, de recevoir la visite du P. de Caux ; et j'ai eu le plaisir de m'entretenir de vous avec lui. Il est heureux de pouvoir jouir souvent de votre compagnie.

Vous me flattez infiniment par le distique que vous m'avez envoyé, dont je trouve le second vers fort heureux. Quand il en sera temps, j'en ferai usage, si je suis le maître (1).

J'ôterai *le solitaire odieux* qui vous déplaît, et je mettrai *insecte impur* (2). J'aime mieux répéter deux fois *insecte*, que d'appeler *reptile* le limaçon, placé parmi les insectes ou parmi les coquil-

(1) Voir ce distique déjà rapporté dans la notice sur Chevaye, ci-dessus, p. XIII.

(2) Voir le vers 159 du premier chant du poème de *la Religion*.

lages. Quoiqu'il rampe sur la terre, on n'a pas coutume de le mettre au nombre des reptiles.

J'ai l'honneur d'être, avec le plus inviolable attachement, etc.

X.

A Soissons, le 26 mai 1744.

Je crains, Monsieur, que vous ne m'ayez oublié, et, par conséquent, que vous n'ayez oublié aussi l'ouvrage que vous m'aviez promis. Vous connaissez la vivacité de M. Titon du Tillet, pour tout ce qui intéresse la gloire des poètes. Il a été lui-même chercher mon tableau, et en fait actuellement graver une petite estampe. Il m'envoya, en même temps, plusieurs vers françois, qu'il me proposoit pour inscriptions. Je lui envoyai, en le laissant maître de tout, le distique que vous avez bien voulu faire. M. Coffin, mon ancien maître, en a fait un autre depuis; le voici :

En quem religio sibi vindicat unica vatem,
Cujus scripta velit, vel pater, esse sua (1).

Votre distique et celui de M. Coffin plairont à tous ceux qui veulent, dans ces inscriptions, un style simple et concis. Ceux qui veulent plus de pompe en trouveront dans ces vers d'un père de l'Oratoire :

Ille est Racinius, quo sese vindice jactat
Religio, cecinit qui dulci carmine quâ vi
Corda, volente Deo, mortales efferre conant.
Surgere si possit superas redivivus ad auras,

(1) Voici celui que la vraie religion revendique pour son poète: son père et elle en adoptent également les écrits.

Qui mire expressit furiasque et Orestis amores,
Materiâ victus, vinci gauderet et arte (1).

Le *gauderet* offre un double sens qui me paroît heureux.

Le P. de Caux que vous connaissez, a fait ces vers françois :

Ce rejeton du grand Racine,
Rappelant l'art des vers à sa sainte origine,
Sut garantir son cœur de la contagion ;
Et, mettant à profit les regrets de son père,
Sa muse heureusement sévère
Fit triompher la Grâce et la Religion.

Autre inscription françoise :

Héritier de la gloire et du nom de Racine,
Des vaines fictions il méprisa l'éclat,
Et, rappelant les vers à leur sainte origine,
Confondit tour à tour l'incrédule et l'ingrat.

Je ne sais point encore celle que choisira M. Titon. On va commencer incessamment une édition qui sera fort jolie, si les libraires exécutent leurs promesses.

On retrouve M. l'abbé Desfontaines dans les nouvelles feuilles qui paroissent sans privilége.

Il paroît un discours sur la décadence du goût, par M. l'évêque du Puy : ce discours contient d'excellentes choses (2).

J'ai l'honneur d'être, avec un inviolable attachement, etc.

(1) C'est Racine que la religion se vante d'avoir pour vengeur, et qui a chanté, en douce poésie, par quelle force les mortels tâchent de conformer leurs cœurs à la volonté divine. S'il revenait des cieux à la vie celui qui rendit si admirablement les fureurs et les amours d'Oreste, il se réjouirait (comme chrétien et comme père) d'être vaincu par le fond et par la forme.

(2) Il s'agit sans doute de l'*Essai critique sur l'état présent de la République des lettres*; 1744, in-4°, par Le Franc de Pompignan (Jean-Georges), successivement évêque du Puy et archevêque de Vienne, frère de l'académicien, à qui on a aussi attribué cet écrit.

XI.

A Soissons, le 7 juin 1744.

Votre lettre, Monsieur, m'a fait un sensible plaisir. Je suis certain de n'être pas oublié de vous, et vous me faites encore espérer l'ouvrage qui, en me critiquant, flattera beaucoup mon amour-propre. Puisque vous trouvez convenable qu'il ne paroisse qu'après la nouvelle édition, vous avez encore quelque temps pour y travailler. Les libraires m'ont mandé qu'ils vouloient aller doucement pour bien faire, et j'ai encore quelque chose à leur fournir. Les paroles de l'abbé Desfontaines sur un grand prélat, *Lettre* 418, p. 292, regardent M. l'ancien évêque de Mirepoix, qui fut chargé par M. le cardinal de Fleury d'examiner la doctrine de l'ouvrage, et qui voulut bien le lire et en rendre compte à Son Éminence. Dans les règles, il falloit à cet ouvrage un censeur de Sorbonne, au lieu que, par cet expédient, on s'est contenté de l'approbation d'un homme de lettres. Vous dire les raisons de tout cela, ce seroient *longæ ambages*. Je ne sais comment l'abbé Desfontaines en a su quelque chose, et pourquoi il en a parlé de cette manière enveloppée; il pouvoit se dispenser d'en parler. J'ignorois que votre intention fût de diriger contre lui mon apologie. Le même jour que j'ai reçu votre lettre, j'en ai reçu une de lui, dans laquelle il m'envoie quatre vers auxquels je ne m'attendois pas. Il a appris qu'on me gravoit, il souhaite que ces vers soient mis au bas du portrait, avec son nom :

> Rival et vainqueur de Lucrèce,
> Et peintre de la vérité,
> Par de sublimes vers sa muse enchanteresse
> Plaît même à l'incrédulité.

Il me marque que cette pensée a paru aux connaisseurs juste, noble et neuve. J'ai certainement beaucoup d'obligation à ceux qui veulent bien s'exercer sur un si médiocre sujet. Je renvoie les vers à M. Titon du Tillet, qui choisira.

J'ai lu son *Supplément du Parnasse* avec grand plaisir (1), parce que son style fait connoître son cœur. On y trouve partout un honnête homme, plein de zèle pour les gens à talens et pour l'honneur de la patrie. Sa sincérité est admirable, et rien ne la prouve mieux que le récit de son aventure avec le cardinal de Polignac, page 769.

Je trouve fort joli le mot que vous m'avez écrit sur le discours de l'évêque du Puy : il est rempli de bonnes choses, mais il est vrai qu'il est sur le ton d'un mandement.

M. Crouzas m'a mandé qu'il avoit composé un ouvrage contre les incrédules, qui formeroit 4 vol. in-8°. Il est habile homme, mais diffus. Il paroît par ses lettres plein de religion : il m'écrit qu'il fait de mes deux poèmes son *vade mecum*, et en fait faire lecture de piété, les soirs, dans son domestique. Surpris de ce compliment que je ne recevrois peut-être pas d'un moliniste, je viens de répondre à cet illustre calviniste, que je me sentois très-disposé à unir mes prières avec les siennes, mais qu'en les adressant tous deux au même Dieu, nous ne nous trouvions pas tous deux dans la même Église. Je suis curieux de savoir quelle sera sa réponse (2).

J'ai l'honneur d'être, avec un inviolable attachement, Monsieur, etc.

(1) Titon du Tillet avait publié, en 1732, in-fol., la *Description du Parnasse françois*, monument poétique et artistique de son invention, érigé en l'honneur de Louis XIV et des grands hommes de son siècle, avec l'extrait de la vie et le catalogue des ouvrages des poètes et artistes qu'il y avait placés. Depuis cette époque, il donnait des *suppléments*, tous les dix ans, des hommes célèbres morts pendant cet intervalle, et ces *suppléments* viennent jusqu'en 1760. Bertrand, l'ami de Chevaye, mort en 1752, se trouve compris dans le dernier, p. 64.

(2) Jean-Pierre Crouzas, philosophe et mathématicien suisse, né à Lausanne en 1663, mort dans cette même ville en 1748, à 85 ans. Il s'agit peut-être d'une nouvelle édition de son *Examen du Pyrrhonisme ancien et moderne;* La Haye, de Hondt, 1733, in-fol., contre Bayle : ouvrage savant et estimé, qui le serait encore davantage, s'il eût été plus court. Mallebranche avait vainement tenté de gagner Crouzas à la religion catholique.

XII.

A Soissons, le 3 juillet 1744.

Je suis content, Monsieur, puisque l'ouvrage que vous m'aviez fait espérer est achevé. Je vous garderai le secret que vous me demandez. Il me paroît cependant que, quand on écrit sur de pareilles matières, et qu'on les traite avec science, goût et discernement, éloigné de tout esprit satirique, dont vous êtes incapable, on n'a rien à craindre en se faisant connoître. Mais vous avez sans doute des raisons particulières, pour vouloir rester inconnu.

Si vous voulez parler des pièces qui seront dans la nouvelle édition, dont quelques-unes auront un grand rapport à la religion, je crois qu'il seroit nécessaire que vous eussiez auparavant parcouru cette édition. Elle est commencée, mais elle va lentement; ce qui vous donnera du temps. Ces petites éditions, pour être très-exactes, demandent plus d'attention que d'autres; j'approuve fort que les libraires ne la précipitent point. Quand elle sera finie, je ferai en sorte que vous en ayez promptement un exemplaire. Peut-être ce que vous y trouverez, vous engagera à ajouter plusieurs choses à votre ouvrage.

Le portrait est achevé, et n'est pas mal. Le graveur a parfaitement rendu le tableau; c'est tout ce qu'on peut lui demander (1).

(1) Portrait vu presque de face dans un médaillon ovale, entouré de cette légende : LOUIS RACINE, DE L'ACADÉMIE ROYALE DES INSCRIPTIONS ET BELLES-LETTRES, NÉ A PARIS LE 2 NOVEMBRE 1692; avec le distique de Coffin, en petits caractères immédiatement au-dessous, et plus bas, en gros caractères, l'inscription française : Héritier de la gloire et du nom de Racine, etc. *Pinxit Aved; sculpsit Petit, obsequens studio et amicitiæ illustrissimi viri Titon du Tillet.* A Paris, chez Daumont, rue Saint-Martin, in-4°.

A en juger par ce portrait, Louis Racine n'était pas beau. Aussi Robbé de

Le même graveur a fait un nouveau portrait de mon père : les deux sont en regard. Je voudrois pouvoir vous les envoyer ; mais, en les pliant dans une lettre, je les gâterois. Je suis fâché de n'avoir pas su votre intention plus tôt ; je vous aurois demandé des vers françois. M. Titon du Tillet a décidé que, pour se conformer à la suite de ses portraits, il falloit des vers françois. C'est pourquoi il s'est contenté de faire graver, comme à l'écart, le distique de M. Coffin, et a fait mettre dans le panonceau le quatrain qui finit par *Confondit tour à tour l'incrédule et l'ingrat.* Il me plaît, parce qu'il est modeste.

M. Titon avoit fort goûté un distique qu'il préféroit à celui de M. Coffin ; le voici :

Ad cœlum revocat musas, plaudentibus illis ;
Assurgens nato, plaudit et ipse pater (1).

Il le trouvoit excellent ; je ne sais si vous pensez comme lui. Je l'ai prié de préférer celui d'un homme fameux, qui a été longtemps mon maître.

Si votre imagination vous fournit par hasard quelque chose, on auroit peut-être occasion d'en faire usage. Les libraires joindront, à ce que je crois, un autre portrait à leur édition. Tous mes amis ont pensé comme vous des vers de M. l'abbé Desfontaines, ils y ont trouvé plus de brillant que de solide.

Je serois fort aise de voir votre ode sur la Grâce. Soyez persuadé que je ne condamne nullement votre manière de penser sur cette matière. Si je suis janséniste (et on veut que j'en sois un), il est certain que je suis fort éloigné de toute passion et de tout esprit de parti.

Nous avons de nouvelles feuilles sans privilége de M. l'abbé Desfontaines ; il est aisé de le reconnoître au style et à certains traits, quoiqu'il affecte une douceur étonnante.

On vantoit beaucoup la versification de M. l'abbé de Bernis : il

Beauveset disait-il plaisamment de lui : *C'est un saint qui a la figure d'un réprouvé.*

(1) Il rappelle les muses au ciel, à leurs applaudissements, et, se levant du tombeau, son père l'applaudit lui-même.

me paroît que l'échantillon qu'il en a donné au public n'a pas fait une grande fortune. Elle est dans un goût très-nouveau; c'est une quintessence de poésie (2).

Je m'étonne que vous n'ayez connoissance que depuis peu du fragment de l'*Histoire de Port-Royal*. Il parut six mois après le poème de *la Religion*, et m'a porté un coup cruel que je ne mérite pas. Je vous en dirai davantage une autre fois (1).

J'ai l'honneur d'être, avec un inviolable attachement, etc.

XIII.

A Soissons, le 4 septembre 1744.

Je croirois, Monsieur, manquer au devoir de l'amitié, si je

(1) Sans doute les *Poésies diverses de M. L. D. B.* (l'abbé de Bernis). Paris, Coignard, 1744, in-8°.

« Marie a imprimé le recueil que vous vîtes chez Vatar, des poésies de l'abbé de Bernis, et y a joint quelques feuilles que le même auteur donna, il y a quelques années, lesquelles rassemblées forment un in-12. Marie n'a point encore mis cela en vente. » (*Lettre de Bertrand à Chevaye*, du 9 octobre 1744.)

Voltaire le comparait à une bouquetière, et disait de lui :

Évitez de Bernis la stérile abondance.

(2) L'*Abrégé de l'Histoire de Port-Royal*, composé par Jean Racine vers 1695, et même, dit-on, à la sollicitation de l'archevêque de Paris, M. de Noailles, ne fut imprimé en entier qu'en 1766 : la première partie seulement avait paru en 1742, sous la rubrique de Cologne (Paris), in-12.

« On vient de publier un *Abrégé de l'Histoire de Port-Royal*, par M. Racine de l'Académie française, pour servir de supplément aux œuvres de cet auteur, volume in-12 de 360 pp. Jusqu'à présent, il n'avait paru qu'une partie de cet *Abrégé*, que Despréaux regardait comme le plus parfait morceau d'histoire que nous eussions dans notre langue. Elle sera plus recherchée aujourd'hui par la célébrité du nom de Racine que par le fond du sujet, qui n'intéresse plus que quelques jansénistes. L'éloge de Despréaux vous paroîtra bien outré. » (*Correspondance littéraire de Grimm et Diderot*, du 1er novembre 1766; tom. V, p. 219.)

donnois au public les vers suivans avant que de vous en avoir fait part. Ils m'ont paru faire impression sur tous ceux à qui je les ai lus, à cause des sentimens qui y sont répandus. J'étois à Paris quand cet événement est arrivé. Je n'ai fait que mettre en vers ce que j'ai vu et ce que j'ai entendu dire. La vérité du tableau en fait la beauté. Jamais on n'a vu, dans toute une ville, une désolation si grande et si sincère.

Mes libraires ont enfin commencé leur petite édition, dont ils comptent faire un chef-d'œuvre. Je crois qu'elle ne pourra paroître qu'au mois de janvier. Je ferai en sorte que vous en ayez un exemplaire avant tout autre. Je les ai prévenus sur l'ouvrage que vous aviez fait ; il les intéresse autant que moi. Je ne leur ai pas dit de qui, ni d'où il me seroit adressé. Je leur ai seulement dit que je leur procurerois quelque chose de bon.

Je suis, avec un inviolable attachement, Monsieur, etc.

LA VILLE DE PARIS, AU ROI.

ÉPÎTRE.

Quelle heureuse nouvelle interrompt nos douleurs?
Puis-je la croire enfin? Dois-je essuyer mes pleurs?
Le ciel prend-il pitié d'un peuple qui l'implore?
Eh quoi! j'espérerois de te revoir encore,
Cher prince, aimable roi, car ma joie, en ce jour,
Ne connoît que les noms de tendresse et d'amour.
Oui, cher prince, au tombeau j'ai cru te voir descendre,
J'ai cru n'avoir pour toi que des pleurs à répandre,
Et tu reviens à nous : Qui t'a ressuscité?
Soit à jamais béni le ciel, dont la bonté,
Lorsque toute espérance à nos cœurs est ravie,
T'arrachant à la mort, nous rend tous à la vie.
Combien de fois, frappés de funestes rapports,
Mes pâles citoyens furent au rang des morts!
Jour affreux! où l'on vit partir dans les alarmes,
Et courir, arrosant les chemins de leurs larmes,

Au spectacle cruel de tes derniers instans,
Une reine adorable et d'augustes enfans ;
Lorsque, suivant des yeux les enfans et la mère,
Un peuple désolé comme eux pleuroit un père.
Il n'est plus, disoit-il, et la France n'est plus.
Nous le perdons, ce roi, nous sommes tous perdus.
Hélas! ce coup fatal, en tout temps si sensible,
Quel temps fatal encor nous le rend plus terrible!
De nos heureux succès il commençoit le cours;
Mais il meurt, et l'instant qui moissonne ses jours,
Moissonne tout l'espoir d'un peuple déplorable.
Ah! vous-mêmes frappés du coup qui nous accable,
Vous le regretterez, vous qu'il auroit soumis.
Pourquoi vous cherchoit-il? aveugles ennemis,
Il vouloit ramener vos esprits indociles;
Oui, quand il a lancé ses foudres sur vos villes,
Nous l'avons vu gémir des maux qu'il vous a faits :
Tous ses vœux, tous ses pas ne tendoient qu'à la paix.
Sa bonté, sa valeur, ses soins infatigables,
Nous promettaient des jours tranquilles et durables....
Vous ne les verrez point, jeunes infortunés,
Répondoient à leurs fils nos vieillards consternés;
Enfans nés pour souffrir, vous êtes seuls à plaindre,
Vos jours seront cruels, les nôtres vont s'éteindre:
Par la douleur enfin les voilà terminés,
Ces misérables jours trop longtemps épargnés.
Ainsi s'entretenoient et les fils et les pères;
Pour eux tu n'étois plus, leurs cœurs étoient sincères.
Un même deuil couvrit tout l'État à la fois;
Mais je suis, par l'amour, qui m'attache à mes rois,
Mieux que par des beautés et des honneurs stériles,
Mieux que par ma grandeur, la reine de tes villes,
Et de tant de douleurs j'ose ici me vanter :
La plus vive en mon sein dut sans doute éclater.
Lorsque même aujourd'hui règne partout la joie,
Mon peuple triste encor attend qu'il te revoie :
Quand pourrai-je, dit-il, à mon ardeur livré,
Courir baiser les pas de ce roi tant pleuré?
Quels seront ses transports? conçois leur violence;

Tu sais ce qu'en tout tems fait sur moi ta présence.
Sitôt que dans mes murs entre mon Souverain,
L'air me paroît plus pur et le ciel plus serein,
Du soleil à mes yeux la lumière est plus vive;
Ah! que je te revoie, afin que je revive.
En attendant le jour de mon parfait bonheur,
Je t'expose sans art tout ce que sent mon cœur.
Il te parle, cher prince, en ces vers, et j'espère
Qu'ils auront, quels qu'ils soient, la gloire de te plaire :
L'amour de tout son feu ne veut que les remplir,
Et ne me laisse pas le temps de les polir.

XIV.

A Soissons, le 17 septembre 1744.

Nos lettres se sont croisées, Monsieur; j'ai reçu la vôtre quand vous receviez la mienne. Il est certain que vous aurez la nouvelle édition sitôt que vous pourrez l'avoir, et j'y joindrai les portraits du père et du fils. Il sera nécessaire d'avoir vu cette édition, avant que d'envoyer votre ouvrage. Je répondrai une autre fois à plusieurs choses de votre lettre : je ne puis aujourd'hui que vous apprendre la fortune étonnante des vers que je vous ai envoyés.

J'en avois envoyé une copie à Metz, à M. de Verneuil, introducteur des ambassadeurs. Cette copie est portée chez le roi; un seigneur la veut lire : le roi, trouvant qu'il lisoit mal, prend la copie, lit lui-même, et aussitôt après ordonne qu'on la porte à l'imprimeur. On lui représente qu'on l'imprime à Paris et qu'on en doit envoyer plusieurs exemplaires. *N'importe*, dit le roi, *je veux que tout le monde en ait ici*. Un moment après, M. de Verneuil entre; le roi lui dit : *Verneuil, vous devez avoir une copie exacte de ces vers, ayez soin qu'ils soient imprimés correctement.* M. de Verneuil lui répond, que je lui ai écrit que j'y ferois quelques petits changemens, parce que j'avois fait ces vers fort promptement. Le roi réplique : *Racine l'a dit dans son dernier vers, mais l'ouvrage est bon. S'il y fait des changemens, je les verrai.* Enfin, ma copie, quoique un peu défectueuse, a été imprimée à Metz (1).

Si cette aventure singulière me fait beaucoup d'honneur, j'ose dire qu'elle en fait au goût du roi. Il n'y a rien dans les vers d'éblouissant; il n'y a point non plus de pompeux éloges. Il a sans doute été sensible à cette peinture naturelle de l'amour de ses sujets, et ce n'est qu'à la vérité que je dois le bonheur de cette pièce. La ville de Paris l'a fait distribuer dans l'Hôtel de Ville, le jour de ses réjouissances.

Je suis, avec un inviolable attachement, etc.

XV.

A Soissons, le 28 septembre 1744.

Je suis fort honoré, Monsieur, de vous avoir pour traducteur. J'ai lu avec bien de la satisfaction votre ouvrage. J'admire l'exactitude avec laquelle vous rendez tous les mots de l'original. J'ai trouvé un grand nombre de vers très-heureux : quelques-uns m'ont paru moins travaillés, mais il y en a de pareils dans l'original. M. le Chancelier (2), qui les a bien sentis, m'a mandé à cette occasion qu'une heureuse négligence étoit un effet de l'art, et que mes vers, plus travaillés, auroient eu peut-être moins de succès. Comme cette pièce est imprimée et répandue depuis du temps, je ne sais si votre traduction conviendroit, imprimée sur une feuille volante. Ne vaut-il pas mieux la réserver pour la nouvelle édition de mes œuvres ? D'ailleurs, je médite une seconde

(1) De l'imprimerie de la veuve de Pierre Collignon, in-4° de 4 p.

(2) C'était alors d'Aguesseau.

pièce dans le même goût, pour l'arrivée du roi à Paris. Je vous l'enverrai de bonne heure si j'en suis content. Le succès de cette première doit m'encourager. Mgr le Dauphin coucha ici avant-hier, et, pendant son souper, fit l'honneur à mon fils de lui parler longtemps sur ses études. Il s'amusoit à causer avec cet enfant. Après s'être levé de table, il me vit dans un coin ; il vint à moi, et me parla de mes vers, avec tant d'éloges et un si grand air de bonté, que je me sentis animé à lui répondre. Il me demanda s'ils m'avoient coûté beaucoup de travail. Je lui dis que j'avois été témoin de la désolation de Paris, et que, rempli de l'objet que j'avois dans les yeux, les vers ne m'avoient pas coûté de peine ; que je sentois cependant qu'ils n'étoient pas assez travaillés et que je tâcherois d'en faire de meilleurs. Il parut bien content de l'amour que tout le public témoigne pour le roi. C'est un beau sujet à chanter aux poëtes ; cependant, il nous procure bien des mauvais vers (1).

Je trouve de très-belles choses dans votre ode, vous avez une grande richesse de rimes. Je pourrois peut-être critiquer quelques mots, surtout celui de *méritoire*, qui ne me paroît pas devoir trouver une place en vers.

Je suis, avec le plus inviolable attachement, etc.

(1) « Voici une petite pièce que M. Hubelot (avocat, conseil du commerce, à Nantes) m'a communiquée, et qu'il a faite sur les poésies en général auxquelles la convalescence du roi a donné lieu :

Au Roi.

Au milieu des plaisirs que, par toute la France,
Fait naître ta convalescence,
Des habitans du double mont
L'affection pour toi me semble la plus forte.
Oui, cher prince, la joie à tel point les transporte,
Que la plupart, ma foi, ne savent ce qu'ils font. »

(*Lettre de Bertrand à Chevaye*, du 9 octobre 1744).

Voir une brochure anonyme du fermier général Godard-Daucour, auteur des *Mémoires Turcs*, intitulée : *Bien-Aimé, allégorie ;* 1744, in-12, contenant une critique des écrits qui parurent sur la convalescence de Louis XV.

XVI.

A Soissons, le 15 octobre 1744.

Je ne ferai pas, Monsieur, de changemens dans ma première pièce. Ce n'est pas que je sois content de tous les vers ; mais j'ai remarqué qu'en voulant les resserrer, je leur ôtois cet air de facilité et ce tour naturel qui conviennent au sujet et à la circonstance. La seconde pièce sera beaucoup plus travaillée, mais le travail ne répond pas du succès.

L'envie que le roi a eue d'aller à Fribourg, nous privera du bonheur de le voir à Soissons : il prendra une autre route pour retourner à Paris. Nous eûmes la reine avant-hier ; je lui fus présenté par M. le duc de Gesvres. Comme j'étois un peu honteux de n'avoir point de vers à lui offrir, je pris avec raison pour excuse la pièce nouvelle qui m'occupe. Elle eut la bonté, pendant son souper, de m'appeler, aussi bien que mes enfants, avec lesquels elle daigna s'amuser. Elle appela aussi ma femme, en lui demandant pourquoi elle se cachoit dans la foule ; qu'elle étoit la femme d'un homme que tout le monde estimoit, et dont la cour verroit toujours les ouvrages avec plaisir. Toutes ses manières et tous ses discours répondent à l'air de bonté qui règne sur son visage.

Je compte vous envoyer, dans quinze jours, la deuxième pièce. Ma main seroit sacrilége, si elle osoit changer un vers de mon père. Je suis, outre cela, bien éloigné de penser comme vous, et je crois que certaines hardiesses qu'on trouve dans ses expressions ne sont point des licences ni des fautes de sa part, mais des tours heureux qu'il a inventés. Personne n'a mieux connu que lui le génie de la langue, et quand il dit quelque chose, il semble toujours qu'on ne puisse pas le dire plus heureusement ni plus vivement, quoique les règles ne paroissent pas quelquefois observées ; mais *aliud latinè, aliud grammaticè loqui* [1]. J'admire l'expression que vous critiquez : *Attendrir la victoire ;* et je suis enchanté de ce vers : *Au-dessus de leur gloire un naufrage élevé.* Je sens toute la critique qu'on en peut faire, mais la grandeur de l'image me fait oublier toute critique. Je ne vous en dirai pas davantage sur ce sujet, parce que j'en parle au long dans mes ouvrages en prose, qui seront dans la première édition, et j'en parle à l'occasion des critiques grammaticales de M. l'abbé d'Olivet.

J'ai l'honneur d'être, avec un inviolable attachement, etc.

XVII.

A Soissons, le 29 octobre 1744.

Voici, Monsieur, la pièce de vers que je vous ai annoncée. Elle est plus travaillée que la première; mais sera-t-elle aussi heureuse? Je n'en sais rien. Quoi qu'il en soit, on n'a jamais à se reprocher l'encens qu'on donne aux princes, car il a pour objet l'amour mutuel entre le maître et les sujets, et l'amour de la paix. Quelques personnes ont critiqué, dans la première, que je paroissois ne pas songer au Dauphin. Une réflexion sur lui eût été froide, dans le premier moment de douleur que je dépeins. La douleur est extrême, et son premier mouvement est de dire que tout est perdu.

J'ai reçu votre lettre du 23, et je vous dirai que mon sentiment est qu'il y a certaines fautes que non-seulement on pardonne aux grands écrivains, mais qui deviennent des beautés, comme dans ces deux vers d'*Athalie :*

Mais je n'ai plus trouvé qu'un horrible mélange
D'os et de chair *meurtris* et traînés dans la fange.

(1) Autre chose est de parler latinement, autre chose grammaticalement.

Si *meurtris* se rapporte à *chair*, il ne doit être ni masculin ni au pluriel ; s'il se rapporte à mélange, il doit être au singulier. Il ne peut se rapporter à *os*, on ne meurtrit pas des os. Pour moi, je vois, dans ces deux vers, une image de ce désordre que peint le poète.

J'ai l'honneur d'être, avec tout l'attachement possible, Monsieur, etc.

AU ROI,

ENTRANT A PARIS, A SON RETOUR DE METZ.

(La ville parle.)

L'ardeur de mes désirs n'aura donc plus besoin
De ces courriers si lens, attendus de si loin (1).
Il arrive, il approche, et je le vois paroître ;
Oui, c'est à ses genoux que je parle à mon maître !
Ah ! que tu m'as coûté de soupirs et de pleurs !
Pardonne aux souvenirs de mes longues douleurs.
Si tu vois, dans un jour pour moi si plein de charmes,
Mes yeux encore mouillés par un reste de larmes,
Quoiqu'une vive joie eût arrêté leur cours,
Quoique tranquille enfin, je soupirois toujours.
Non, toute ma vigueur ne m'étoit pas rendue ;
Mais tes heureux rayons, qui brillent à ma vue,
Font tout à coup sur moi ce que fait le printemps
Sur un champ que l'hiver a désolé longtemps.
Je t'aimois, tu le sais, dès ta plus tendre enfance ;
Tu me récompensois de ma persévérance,
Lorsque j'ai cru te perdre. Hélas ! qu'un bien perdu
Devient plus cher encor, quand il nous est rendu !
Je te revois, que dis-je ? à mon impatience
Tu reviens, par tendresse, accorder ta présence ;

(1) On avoit établi, entre Paris et Metz, une chaîne de courriers, pour satisfaire, autant qu'il étoit possible, un peuple impatient d'apprendre des nouvelles de la santé du roi. (*Note de Racine.*)

Dans mes murs, c'est l'amour qui ramène mon roi.
Ah! de tant de cités, la reine c'est donc moi.
La ville qu'il chérit, oui, j'ai droit de le croire,
C'est moi : contemplez tous celui qui fait ma gloire;
Accourez, citoyens...... Mais ils vont l'entourer,
Jusques à son palais pourra-t-il pénétrer?
O mon roi, cette foule est ta cour la plus belle.
Et quelle ambition, quel intérêt l'appelle?
De grâces, de fortune, a-t-elle quelque espoir?
Elle n'attend de toi que le bien de te voir.
Goûte, en perçant ces flots, le plaisir véritable.
Ta garde n'est ici qu'un cortége honorable,
Pompe, que ta grandeur doit toujours s'attacher;
Mais l'amour est ta garde, et tu ne peux marcher
Qu'environné des cœurs d'un peuple qui t'adore,
Dont le bonheur t'occupe, et t'occupoit encore
Dans quel instant? La mort te prenoit dans ses bras,
Et tu disois à Dieu : *Ne me laisse ici-bas*
Qu'autant qu'à mes sujets mes jours seront utiles (1).
Tu le disois, levant au ciel des yeux tranquilles.
Dans ce moment, ce Dieu, s'attendrissant pour nous,
Voulut nous épargner. Hélas! que son courroux,
Si par ce coup terrible il eût puni nos crimes,
Sur une seule tête eût frappé de victimes!
Le ciel connut pour nous ta tendresse et tes soins,
Et s'il veut mesurer ta vie à nos besoins,
Qu'ils dureront, ces jours, dont les nôtres dépendent!
Viens éclairer enfin nos fêtes qui t'attendent,
Et qui vont précéder celles de l'heureux jour
Où ce fils, qui partage avec toi tant d'amour,
Doit attacher aux nœuds d'un auguste hyménée
Ta joie et ton bonheur, et notre destinée.
Que des fêtes de paix y puissent succéder!
Mais, hélas! est-ce à toi qu'il faut les demander?
En vain, des conquérants te montrant la carrière,

(1) Paroles que M. l'évêque de Soissons (François, duc de Fitz-James), premier aumônier, nous a conservées, *comme dépositaire,* nous dit-il, dans son Mandement pour le *Te Deum* sur la convalescence du roi. (*Note de Racine.*)

La Victoire t'y suit, et t'ouvre la barrière;
En vain, déjà ton nom porte partout l'effroi,
Et d'orgueilleux remparts s'écroulent devant toi.
Quand tes braves guerriers, prodigues de leur vie,
Courent verser leur sang, ton âme est attendrie.
C'est à toi qu'il est cher, et le moins précieux,
Quand il coule, est le sang de ton peuple, à tes yeux.
Grand roi, tu fermeras les portes de la guerre.
Le ciel, qui nous protége en toi, veut qu'à la terre,
Par ses heureux exploits et ses douces vertus,
Louis le Bien-Aimé rende Auguste et Titus.
Prince, tout se conforme à l'exemple du maître:
La bonté, la douceur, parmi nous, vont renaître.
Nos mœurs pures feront notre félicité;
On y verra briller la candeur, l'équité,
L'amour et le respect qu'on doit à la puissance.
Ah! servir ce qu'on aime, est-ce une obéissance?
Sous un roi citoyen, tout citoyen est roi.
Que ce lien si rare entre le peuple et toi,
A nos voisins jaloux rend ton règne admirable,
Et qu'à tes ennemis, tu deviens redoutable!
Quels secours pourront-ils t'opposer aujourd'hui?
Est-ce dans leurs trésors qu'ils mettront leur appui?
Qu'ils connoissent les tiens: nous t'aimons, tu nous aimes;
Du père et des enfants les trésors sont les mêmes.
De nouveaux vagabonds, à grands frais appelés,
Pour soldats contre toi seront-ils rassemblés?
Repose-toi sur ceux que tant d'ardeur dévore;
Ou, si la foudre en main, tu veux partir encore,
Pour marcher avec toi, nous serons tous soldats.
Souverain de nos cœurs, dispose de nos bras.
Pour répéter ces mots, combien de voix s'élèvent!
Quels transports! Je m'arrête, et tes peuples achèvent.

XVIII.

A Soissons, le 27 décembre 1744.

Je fais des vœux bien sincères, Monsieur, pour que l'année dans laquelle nous allons entrer vous soit heureuse. Je vous y demande la continuation de votre amitié et de notre commerce de lettres.

Le libraire m'a enfin envoyé les deux premières feuilles de la nouvelle édition ; je compte qu'il la continuera sous mes yeux, le mois prochain. Je vais le passer à Paris, où je demeurerai comme à l'ordinaire, *rue Ste-Anne, chez Mme Presle*. Ne pourriez-vous pas m'adresser, par le carrosse, votre ouvrage en prose ? Je le lirois avec attention, et s'il me fournissoit quelques observations à vous faire, sur des choses à changer ou à ajouter, je vous le renverrois par la même voie.

Je ne puis savoir encore quand la nouvelle édition sera faite ; je vous la ferai tenir sitôt qu'elle sera achevée.

J'ai été fort content des deux épigrammes dont vous m'avez fait part. Il me paroît que la première eût été encore meilleure, si on avoit pu la rendre plus courte et ne la faire que de quatre petits vers. Je ne sais si vous avez sincèrement approuvé ma seconde pièce ; elle est dans un goût qui n'est pas fort à la mode. On ne brille pas aujourd'hui par le naturel, ni par les sentimens ; mais je suis bien persuadé que vous ne vous laissez pas entraîner par la mode. Un professeur de l'Université de Paris m'a envoyé depuis peu la traduction latine de ma première pièce ; mais, au lieu de la faire comme vous, en vers hexamètres, ce professeur, que je ne connois point, l'a faite en vers phaleuques, parce que, selon lui, cette mesure convient à la tendresse. Mais elle ne me paroît nullement convenir à un sujet aussi sérieux, où les diminutifs, comme *miselle princeps*, me semblent déplacés. Je ne sais si, pour rendre *mes pâles citoyens*, ce vers vous plairoit : *cives palliduli mei stupebant.* L'hendécasyllabe ne me paroît convenir qu'au badinage et à la galanterie; dans de pareils sujets, les diminutifs ont de la grâce (1).

L'ode dont vous n'êtes pas content et dont vous citez ce vers : *Si je monte sur le Permesse*, est de celui qui juge souverainement tous les poètes. L'abbé Desfontaines, dans ses dernières feuilles, méprise toutes les pièces faites au sujet de la maladie du roi, et n'estime que l'*Ode à la Reine*, quoiqu'on y *monte sur le Permesse.* Il veut persuader au public que cette ode, dont lui-même est l'auteur, est un chef-d'œuvre (2).

En finissant cette lettre, je reçois la traduction de ma deuxième pièce, faite par le même professeur de l'Université. Elle est en vers élégiaques, et je trouve cette mesure-là plus convenable aux

(1) Lutetia Ludovico XV, etc., pro receptâ valetudine, suaque desideria pro reditu nunciat. Hendecasyllabum. Auctore J.-P. de Lavarde. *Parisiis*, 1744, in-4° de 6 pp.

(2) « Il a paru depuis peu une ode parfaitement bien imprimée à Paris ; elle est d'un auteur anonyme, et je trouve qu'il a prudemment fait de garder l'incognito, car c'est la plus mauvaise besogne du monde ; jugez-en par ces trois vers :

> Si, dans ces jours d'allégresse,
> Je monte sur le Permesse,
> C'est pour la dernière fois.

« Ceci me rappelle ce vers d'un poème de l'abbé du Jarry, que l'Académie eut autrefois la complaisance de couronner, au préjudice d'un poème de Voltaire :

> Et du pôle brûlant jusqu'au pôle glacé. »

(*Lettre de Bertrand à Chevaye*, du 9 octobre 1744.)

« On m'avoit déjà assuré que l'*Ode à la Reine* est de l'abbé Desfontaines, et je n'en doute plus depuis que j'ai vu comme il en parle dans ses feuilles. Je suis surpris qu'un homme qui fait profession de relever aussi vivement les sottises des autres, en fasse d'aussi grossières ; car, sans parler de *monter sur le Permesse*, cette pièce fourmille de traits évidemment critiquables, tels que celui-ci qui finit une strophe : *Ennemis de cet empire, frémissez, Louis respire*, VOUS N'ALLEZ PLUS RESPIRER. » (*Lettre du même au même*, du 3 février 1745.)

Le Permesse est un fleuve de la Grèce, consacré aux Muses (boire les eaux du Permesse), que l'abbé Desfontaines prenait pour une montagne.

pièces de sentiment. J'y trouve des vers heureusement rendus, comme ceux-ci : *L'amour et le respect qu'on doit à la puissance.*

Crescet et in reges obsequiosus amor,
Obsequiosus amor, res non operosa volenti.

Civis rex, civi rege, putandus erit.

Sous un roi citoyen, tout citoyen est roi.

Et ceux-ci : *Qu'ils connaissent les tiens : nous t'aimons, tu nous aimes.*

Quæ tibi sint, illis noscantur : amaris, amamur ;
Quæ bona sunt natis, hoc habet ipse pater.

J'ai l'honneur d'être, avec un inviolable attachement, Monsieur, etc.

XIX.

A Soissons, le 17 janvier 1745.

J'ai reçu, Monsieur, avec bien de la reconnoissance les étrennes que vous m'avez envoyées. Mes vers ne méritent pas l'honneur que vous leur faites. J'étois, il y a deux jours, dans une compagnie de poètes latins, où était entre autres M. Coffin ; j'y lus votre traduction, et je fus témoin des applaudissemens qu'elle reçut. Tout le monde m'en parut très-content, et votre latinité fut fort approuvée par ces juges capables de s'y bien connoître. M. Coffin dit seulement sur *dilecte ac optime princeps*, qu'il falloit mettre *atque;* qu'il n'y avoit point d'exemple dans les auteurs latins de *ac* devant une voyelle. Votre seconde édition me paroît plus travaillée que la première ; ces Messieurs n'ont pas cependant vu la raison qui vous a fait changer le dernier vers. Ils ont trouvé que *properans micat amplius ardor*, n'étoit pas si bon que *se tutabuntur amore*. J'espère, dans la suite, faire usage de votre traduction. Il y va de ma gloire de la faire connoître.

Un libraire a fait un recueil des meilleures pièces sur la convalescence du roi. Ce recueil est bien imprimé, mais a peu de débit, parce que, quoique des meilleures pièces, il en comprend beaucoup de mauvaises (1).

La *Vie de Louis XI*, par M. Duclos, fait aussi beaucoup de bruit (2). Les uns l'admirent, les autres la critiquent; mais tout le monde unanimement vante le *Petit-Carême* du P. Massillon, qui vient de paroître. Les autres sermons du même prédicateur suivront de près. Je ne sais s'ils seront aussi bien reçus que ces petits sermons, faits pour le roi enfant. Il y a en effet de très-belles choses, et les premiers surtout sont admirables. Les sermons sur le mépris des richesses sont fort utiles présentement, surtout aux actionnaires. L'état actuel des actions répand la consternation dans Paris (3).

J'ai l'honneur d'être, avec un inviolable attachement, etc.

(1) Recueil de pièces choisies (par divers auteurs) sur les conquêtes et la convalescence du roy. *Paris*, 1745, in-8°. — Recueil *présenté à Sa Majesté*, imprimé sur grand papier, avec luxe, orné d'un frontispice et de vignettes dessinés et gravés par C.-N. Cochin.

Voir la note de la lettre XV ci-dessus, pag. 33.

> Paris n'a jamais vu de transports si divers,
> Tant de feux d'artifice, et tant de mauvais vers.
>
> (VOLTAIRE, *sur les Événements de l'année* 1744.)

(2) Paris, Guérin, 1745, 4 vol. in-12, avec portr.— Il y a eu un arrêt du Conseil d'État, du 28 mars 1745, rendu au sujet de cet ouvrage.

« Notre compatriote Duclos vient de donner une *Histoire de Louis XI*, en trois vol. in-12, qui n'en feroient pas deux, si l'on n'avoit pas pris soin de les imprimer en lettres presque *unciales*. Ce mot auroit été une énigme pour le P. de Caux, car, il y a deux ans qu'il me pria de lui dire ce que c'étoit que des lettres initiales. A propos de lui, vous avez sans doute appris qu'il a fait une critique de l'Ode de Fréron sur les conquêtes du roi; elle est intitulée: *La Correction provinciale*. L'auteur se donne pour un Américain; il y préconise une ode qu'un de ses amis va faire paroître sur le même sujet, et cet ami c'est l'auteur même, qui a, en effet, donné une ode, laquelle n'a pas paru mériter les éloges qu'il y avoit prodigués d'avance. Je m'imagine que l'abbé Desfontaines n'épargnera pas ces deux pièces, et surtout la première, où on lui donne quelques coups de dents. » (*Lettre de Bertrand à Chevaye*, du 3 février 1745.)

(3) Les actions de la Compagnie des Indes, dont il s'agit, étaient cotées, depuis

XX.

A Paris, le 1er février 1745.

Ce que vous me marquez, Monsieur, par votre dernière lettre, me fait juger de l'importance de votre ouvrage. Je ne m'étonne pas qu'il vous demande du travail, du temps et le secours des livres, puisque vous y entrez dans l'examen des différentes matières et même de celles de physique. Il est certain que, lorsqu'en parlant de notre ignorance dans les choses naturelles, j'ai dit que nous savions les faits, jamais les causes, j'ai entendu les causes primitives. Nous savons, par exemple, que l'eau remonte jusqu'à un certain degré, et le vif-argent jusqu'à un autre : nous savons aussi, depuis un petit nombre d'années, que la pesanteur de l'air est la cause indubitable de ces faits ; mais pourquoi cette pesanteur n'agit-elle que jusqu'à tel degré ? voilà ce que nous ne pourrons jamais savoir, puisque même nous ne savons ce que c'est que la pesanteur. On sait calculer les degrés de vitesse d'un corps qui tombe, mais on ignore la cause qui le fait tomber.

L'examen d'un ouvrage aussi curieux que le vôtre, sera bien intéressant pour moi. Je le ferai avec toute l'attention dont je serai capable. Il est étonnant que, dans une grande ville comme Nantes, vous ne trouviez pas les secours des nombreuses bibliothèques (1).

deux ou trois ans, sur le pied de 2000 livres, et variaient seulement de 100 ou 150 livr. à la Bourse, lorsque des bruits confus les firent tomber d'abord à 1800 livr. Le 2 janvier 1745, par suite de l'affiche d'un avis aux actionnaires qui sursoyait au paiement des dividendes échus, elles tombèrent à 1200, puis à 950 livr.; ce qui occasionna la consternation dont parle Racine. Cependant, à la date de sa lettre, elles commençaient à remonter. Voir, au surplus, pour toutes ces fluctuations, le *Journal de Barbier,* janvier et février 1745, tom. IV de l'édition Charpentier, Paris, 1857, in-12.

(1) Il n'y en avait encore que de particulières à Nantes, qui s'est toujours hâté

Rien ne vous presse encore de mettre la dernière main à cet ouvrage. Ma nouvelle édition est commencée; mais elle ira lentement, parce que les libraires ne se hâtent pas beaucoup, dans un temps où leur commerce est fort ralenti. Tout commerce tombe aujourd'hui, et le leur surtout.

Comme je ne serai plus à Paris, selon les apparences, lorsque vous enverrez votre ouvrage, je vous prie de le mettre à cette adresse : *A M. Coignard, imprimeur du roi, rue Saint-Jacques, pour faire tenir à M. Racine.* Vous aurez la bonté de m'en donner avis, et M. Coignard, que je préviendrai, me le fera tenir.

J'ai l'honneur d'être, avec un inviolable attachement, etc.

XXI.

A Soissons, le 24 mars 1745.

Votre long silence m'étonne, Monsieur, et vous avez laissé passer le temps auquel vous m'aviez fait espérer l'ouvrage qui doit

lentement dans l'ordre du progrès intellectuel. Ce n'est qu'à la fin de 1753 que, par suite d'arrangements avec la commune, les Oratoriens rendirent publique leur bibliothèque. L'ouverture en fut faite le 19 novembre, par les maire et échevins de Nantes. Le P. Giraud, premier bibliothécaire, prononça, le matin, un discours français sur l'utilité de ces établissements, et le P. Berbizotte, professeur de rhétorique, débita, le soir, une harangue latine sur le même sujet. Cette bibliothèque de l'Oratoire était depuis longtemps signalée par les bibliographes, entre autres par le carme Louis Jacob, qui en mentionne deux autres seulement pour Nantes, celle de l'ex-ligueur Biré et celle de Jean de Rieux, marquis d'Assérac, dans son *Traité* spécial (Paris, Rolet le Duc, 1644, in-8°). Elle a formé le fond principal de la Bibliothèque publique actuelle : c'est de là que provient tout ce qu'elle offre aujourd'hui de précieux, tel que le beau manuscrit de la traduction de la *Cité de Dieu* de saint Augustin, exécuté pour Philippe de Commines; le volume factice de pièces du temps de Louis XI, Charles VIII, Louis XII, et beaucoup d'autres livres rares et curieux.

faire ma gloire. Par la manière dont j'apprends que le libraire, dont je ne suis pas le maître, veut distribuer mes ouvrages, en mettant la nouvelle édition en deux ou trois petits volumes, je pourrois peut-être insérer votre ouvrage dans un de ces volumes. Si vous pouvez me l'envoyer, vous me ferez plaisir. Vous pourriez me l'adresser à Soissons, par le carrosse de Nantes, parce qu'à Paris, le directeur des carrosses de Nantes remettroit le paquet à celui des carrosses de Soissons. Je sais que vous aviez envie de voir auparavant la nouvelle édition; mais il ne me paroît pas que la chose soit possible, et elle n'est pas nécessaire.

J'ai l'honneur d'être, avec un inviolable attachement, etc.

XXII.

A Soissons, le 26 avril 1745.

J'ai reçu, Monsieur, le paquet que vous avez eu la bonté de m'adresser. J'ai lu cet ouvrage avec beaucoup de plaisir. Je trouve bien des choses savantes et solides dans les quatre réponses aux quatre objections, surtout dans la première, qui est fort étendue. Je ne vois rien qui puisse blesser la charité, ni fâcher celui que vous attaquez, si ce n'est l'endroit où vous faites entendre qu'il est prêtre. Je crois qu'il vaut mieux ne pas laisser entrevoir de soupçon de ses sentimens, qui ne sont déjà que trop soupçonnés. Je ne sais s'il est à propos de parler de la coutume qu'ont les auteurs de faire des changemens, lorsqu'on réimprime leurs ouvrages. Les poètes surtout ont raison, parce qu'en fait de vers, on n'est jamais content. Boileau faisoit des changemens dans toutes les éditions de ses ouvrages. Les premières éditions des tragédies de mon père ne sont pas conformes aux suivantes, et il eût fait dans la suite comme Boileau, si ce n'est que, par un sentiment de religion, il ne voulut plus prendre aucune part aux éditions d'un livre qu'il eût voulu pouvoir supprimer.

J'ai cru apercevoir dans votre écrit quelques négligences de style, comme *une amorce tendue.* On tend le piége, mais non pas l'amorce. Ces minuties se corrigent aisément. Il est vrai que, pour plusieurs raisons, cet écrit ne peut, dans la même forme, entrer dans mon édition. J'ai pris le parti de l'envoyer aux libraires, sans leur faire connoître de quelle main il sort. Je leur mande d'examiner quel usage ils en peuvent faire et de quelle façon, et de me le renvoyer.

J'apprends que le poème de *la Religion* va être imprimé à Rome, traduit en vers italiens. Je suis fâché que le traducteur ne m'ait pas prévenu de son dessein.

Il ne paroît pas que le mariage de M. le Dauphin ait fort échauffé notre Parnasse, si on en juge par *la Princesse de Navarre,* qui pourtant a élevé son auteur à de grands honneurs à la Cour (1).

J'ai l'honneur d'être, avec un inviolable attachement, etc.

XXIII.

A Soissons, le 28 juin 1745.

Mes libraires à qui j'ai communiqué votre ouvrage, Monsieur, m'ont dit qu'ils ne pouvoient le joindre à mon édition, ni même l'imprimer séparément, parce qu'il paroîtroit toujours comme une défense faite de concert avec moi, et comme une apologie mendiée. Je le dois uniquement à votre estime et à votre amitié ; mais

(1) Comédie-ballet, en trois actes, de Voltaire, représentée à Versailles, le 25 février 1745, et imprimée, la même année, à Paris, chez Ballard, in-8°.

« Mme de Pompadour chargea Voltaire de faire cette pièce pour le premier mariage du dauphin. Une charge de gentilhomme de la chambre, le titre d'historio-

le public ne le croiroit pas, et, par cette raison, je voudrois que l'ouvrage pût être inséré dans les journaux de Hollande; mais je n'ai aucune relation avec ceux qui les font.

Mon édition avance, mais lentement. Le poëme de *la Religion* est fini, et j'ai corrigé, depuis peu de jours, l'épreuve qui contient le dernier chant. Plusieurs autres ouvrages doivent encore occuper l'imprimeur. J'espère qu'il me sera permis d'orner le frontispice de cette édition de la lettre apostolique.

J'ai appris que ce poëme étoit traduit en italien, par un abbé, fort connu dans les lettres en Italie, qui doit faire imprimer à Rome cette traduction.

Quoique la bataille de Fontenoy soit un très-grand événement pour nous, je garde le silence. Je ne sais point chanter les combats, et pour les Achilles il faut des Homères.

Je suis charmé, comme vous, que M. Pluche continue à travailler, et j'attends avec impatience son nouvel ouvrage sur l'Homme, dont il ne m'a dit que le titre, sans m'en expliquer le dessein (1).

J'ai l'honneur d'être, avec un inviolable attachement, etc.

graphe de France, et, enfin, la protection de la Cour, nécessaire pour empêcher la cabale des dévots de lui fermer l'entrée de l'Académie française, furent la récompense de cet ouvrage. C'est à cette occasion qu'il fit ces vers :

Mon *Henri-quatre* et ma *Zaïre*,
Et mon américaine *Alzire*,
Ne m'ont valu jamais un seul regard du roi;
J'eus beaucoup d'ennemis avec très-peu de gloire:
Les honneurs et les biens pleuvent enfin sur moi,
Pour une farce de la foire.

« C'était juger un peu trop sévèrement *la Princesse de Navarre,* ouvrage rempli d'une galanterie noble et touchante. » (CONDORCET, *Vie de Voltaire.*)

(1) « La suite du *Spectacle de la nature* doit, dit-on, paroître incessamment. » (*Lettre de Bertrand à Chevaye*, du 6 novembre 1745.) — « Il vient de paroître trois nouveaux volumes du *Spectacle de la nature;* c'est de l'homme dont ils traitent. Je ne les ai pas vus, mais on m'en a dit beaucoup de bien. » (*Lettre du même au même*, du 17 mai 1746.)

XXIV.

A Soissons, le 30 août 1745.

Si j'avois été à Paris, Monsieur, j'aurois été en état de vous satisfaire promptement ; mais comme dans ma solitude je ne suis point en relation avec les académiciens, je ne sais que comme un autre, par la gazette d'hier, que le prix de poésie a été remis à l'année prochaine, ces Messieurs n'ayant point trouvé, apparemment, de pièce qui leur ait paru digne de la couronne immortelle.

Voltaire, qui, depuis la *Princesse de Navarre,* est le poète de la Cour, a célébré le grand événement de la bataille de Fontenoy (1), par une pièce fameuse par le nombre des éditions. Il m'a envoyé les deux dernières, et la dernière est de l'impression du Louvre, faite par ordre du roi ; honneur que Boileau n'a point reçu, quoiqu'il ait si dignement célébré le passage du Rhin. Tout ce que je vois m'engage plus que jamais à ne plus estimer que cette tranquillité, dans laquelle je ne puis me conserver *quàm latendo et tacendo* (2).

Notre victorieux monarque va, dans peu de jours, faire une entrée triomphante à Paris (3). Jamais campagne n'a été si glo-

(1) Gagnée le 11 mai 1745, par le maréchal de Saxe, sur les Anglais et les Hollandais.

« M. de Voltaire, qui est le grand poète de nos jours, a fait, en deux jours, un fort beau poème sur la bataille de Fontenoy, sur le simple détail qu'il en a vu dans les lettres. » (*Journal de Barbier,* mai 1745, t. IV, p. 42.)

(2) Qu'en me cachant et me taisant.

(3) « Le roi partit pour Paris, où il arriva le 7 septembre 1745. On ne pouvait ajouter à la réception qu'on lui avait faite l'année précédente : ce furent les mêmes fêtes ; mais on avait de plus à célébrer la victoire de Fontenoy, celle de la conquête du comté de Flandres. » (VOLTAIRE, *Précis du siècle de Louis XV,* chap. XVI, à la fin.)

rieuse, et je croîs que rien ne manquera à sa gloire, qu'un Boileau pour la bien chanter ; mais le temps de ces génies n'est plus.

Il y a toute apparence que vous avez l'honneur d'être chaussé par le même cordonnier qui a fait des bottes au prétendant. Je souhaite que sa noble entreprise ait d'heureux succès. Le silence cependant qu'on garde à son égard, me fait de la peine : on ignore même s'il est débarqué. Nous avons ici plusieurs officiers anglois faits prisonniers à Fontenoy ; ils ne sont pas plus instruits que nous. Nous croyons que ces prisonniers vont être bientôt rendus, parce que, M. de Belle-Isle revenant en France, le cartel sera exécuté (1).

L'édition avance, mais lentement, et j'en suis la cause. On m'envoie les épreuves à corriger, et lorsque je me vois imprimé, je m'aperçois de négligences qui ne m'avoient point frappé sur le manuscrit ; de sorte qu'en corrigeant les fautes de l'imprimeur, je me corrige aussi moi-même (2).

J'ai l'honneur d'être, avec un inviolable attachement, etc.

XXV.

A Soissons, le 11 novembre 1745.

La traduction dont vous m'avez honorée, Monsieur, devroit être

(1) « Dans ces conjonctures, le ministère de Londres fit réflexion qu'on avait en France plus de prisonniers anglais, qu'il n'y avait de prisonniers français en Angleterre. La détention du maréchal de Belle-Isle et de son frère avait suspendu tout cartel d'échange. On avait pris les deux généraux contre le droit des gens, on les renvoya sans rançon. Il n'y avait pas moyen, en effet, d'exiger une rançon d'eux, après les avoir déclarés prisonniers d'État, et il était de l'intérêt de l'Angleterre de rétablir le cartel. » (Voltaire, *ibid.*)

(2) Racine n'était pas élève de Port-Royal pour rien. On sait que telle était en ces puritains du fond et de la forme la passion de la perfection, que Pascal refit jusqu'à treize fois la xviie *Lettre provinciale*.

maintenant imprimée avec la pièce. Je les ai envoyées ensemble au libraire, et je m'attendois que ces pièces termineroient le second volume. Je reçus, il y a huit jours, l'épreuve de la première feuille du troisième volume. J'ai demandé au libraire pourquoi je n'avois pas reçu la dernière feuille du second : il m'a répondu que n'ayant pas assez de matière pour une feuille entière, il mettroit ces pièces dans un autre volume. Je compte aller dans six semaines à Paris, je verrai comment tout s'arrange. Il est désagréable d'être éloigné d'un libraire qui vous imprime ; mais quoi qu'il en soit, ces pièces n'étant point encore imprimées, vous me ferez plaisir de m'envoyer la copie à laquelle vous avez mis la dernière main.

On m'écrit que M. l'abbé Desfontaines est assez mal d'une hydropisie (1).

Ce qui se passe en Angleterre doit attirer tous les yeux, et nous prépare à un grand événement. Tout va bien jusqu'à présent, et

(1) « Il est mort ces jours-ci l'abbé Guyot-Desfontaines, homme d'esprit et connu par tous ses écrits. Il avoit donné, toutes les semaines, une feuille qui faisoit l'analyse de tous les ouvrages qui paroissoient, et en même temps une critique très-mordante contre les ouvrages et les auteurs, de façon qu'on avoit été obligé de lui en défendre l'impression ; mais elles n'en paroissoient pas moins. Cet abbé étoit débauché et d'une débauche fort désapprouvée des femmes. Il est mort d'une hydropisie. Voici une épitaphe en peu de mots latins :

Periit aqua
Qui meruit igne. »

(*Journal de Barbier*, décembre 1745, tom. IV, pag. 108-9.)

« Le pauvre abbé Desfontaines est mort il y a près de quinze jours. M. Hubelot que vous connoissez, ayant appris de moi cette nouvelle, m'envoya, deux heures après, ces quatre vers :

Parasites, fripiers, mendians et filous
(C'est à vous que je parle, auteurs du dernier ordre) ;
Le Parnasse est ouvert ; entrez, que craignez-vous ?
Le chien qui le gardoit, ne sauroit plus vous mordre.

« M. Fréron, jadis abbé, est le plus ingrat des hommes s'il manque de jeter des fleurs sur la tombe de son ami. Le défunt n'a jamais manqué de le célébrer, et une de ses dernières feuilles est celle où il fait le plus pompeux éloge de l'Ode de Fréron sur la bataille de Fontenoy. » (*Lettre de Bertrand à Chevaye*, du 27 décembre 1745.)

j'espère beaucoup; mais *si j'espère beaucoup, je crains beaucoup aussi.*

Je ne puis comprendre que, tout rempli des vrais principes de goût comme vous l'êtes, vous soyez l'admirateur d'un rhéteur qui a toujours pris le contre-pied du bon goût, et qui, dans un style de Pline et de Sénèque, n'a souvent débité que de froides antithèses. Les Jésuites ont eu de grands hommes que j'admire; mais quand ils vanteront leurs PP. Porée et La Sante, j'en appellerai à toutes les Muses. Dans un discours sur les spectacles, peu convenable à un religieux, quel ridicule parallèle votre P. Porée fait-il entre Corneille et mon père! Corneille est un aigle, je l'avoue; mais afin que l'orateur fasse briller son esprit par quelque opposition jolie, il oppose la colombe à l'aigle. Mon père est, selon lui, *Veneris columbulus* (1); et comme il faut avouer qu'il va de pair avec l'aigle, *divitûm imperium, cum fulminante aquilâ, gemens columbulus impetravit* (2). Que d'impertinences! L'auteur de *Phèdre,* d'*Athalie,* de *Britannicus,* est-il *columbulus?* Ne croyez pas que la passion me prévienne contre l'orateur, il est le même partout. Et dans un discours où il parle de la Hollande, c'est une république, selon lui, *quæ opes novi orbis colligit, ne à veteri accipiat leges; nunquàm auxilii certior, quàm cùm opis egentior, numquàm magis tuta, quàm ubi aquis demersa* (3). Quelle froide pointe, à cause des écluses! Il auroit fallu y plonger un pareil orateur. Adieu, Monsieur, je ne vous en dirai pas davantage, je suis trop en colère contre le P. Porée (4).

J'ai l'honneur d'être, avec tout l'attachement possible, etc.

---

(1) La petite colombe, la colombelle de Vénus.

(2) La plaintive colombelle partage, avec l'aigle foudroyant, l'empire des Dieux.

(3) République qui rassemble les richesses du Nouveau Monde, pour ne pas recevoir la loi de l'ancien; jamais plus sûre d'être approvisionnée, que lorsqu'elle manque davantage de ressources, jamais plus assurée, que lorsqu'elle est noyée dans les eaux.

(4) Quels hauts cris n'eût pas jetés la piété filiale de Louis Racine, s'il eût pu,

Jusqu'à la fin de l'année 1745, la correspondance de Racine est bien suivie et paraît entière; mais, à partir de là, elle se relâche singulièrement, ou bien des lettres manquent. Pour combler les longs intervalles qui vont suivre, nous intercalerons par-ci par-là quelques lettres, toujours adressées au même Chevaye par d'autres personnes. En voici tout d'abord une du président Bouhier, quelque peu antérieure à la dernière de Racine.

A Dijon, ce 17 avril 1745.

Monsieur,

Je n'ai reçu que par vous votre traduction de la 4e élégie des *Tristes* d'Ovide. Vous n'êtes pas le seul qui, sur la foi des anciennes éditions, avez cru qu'elle faisoit partie de la 3e. M. Le Franc, de Montauban, de qui nous avons une traduction en vers de l'une et l'autre, laquelle est insérée par l'abbé Desfontaines dans la lettre 223 de ses *Observations sur les écrits modernes,* est tombé dans la même méprise, et en a été fort bien repris dans un écrit que vous trouverez dans le *Mercure de France,* du mois de janvier 1739, où sa version se trouve aussi critiquée en quelques endroits. Cependant, celle qu'il a faite de la prétendue fin de cette élégie, n'est pas ce qu'il y a de moins bon dans sa pièce.

A l'égard de la vôtre, Monsieur, elle m'a paru fort jolie, et le sens de l'original y est fort bien rendu. Il y a seulement quelques expressions qui ne m'ont pas semblé assez nobles, comme le terme de *bouvier* qui est au commencement. On doit l'éviter en notre langue, qui sur ce point est assez bizarre. J'en dis autant de *serrer la bride.* Le mot de *nef* n'est plus guère en usage dans la belle poésie, d'où l'on bannit aussi autant qu'on peut le *car,* qui commence un de vos vers. *Le flot vient contre moi,* me paroît aussi bien foible. Plusieurs de ces choses sont aisées à corriger. Comme peut-être n'avez-vous pas les *Observations* de l'abbé Desfontaines, je vous envoie la partie de la version de M. Le Franc, qui répond à la vôtre, étant persuadé que vous ne serez pas fâché de la voir.

Je ne sais pourquoi on s'est avisé de m'attribuer une *Dissertation sur les*

comme nous, entendre un coryphée du jour (M. Granier de Cassagnac) n'appeler que *Jean* son illustre père, pour montrer la petite estime qu'il en fait, et lui infliger même l'inqualifiable épithète de *polisson.* Le même homme a aussi démoli ce *pauvre diable* de Voltaire.

duels, à laquelle je n'ai jamais songé et que je n'ai pas même vue [1]. Elle est sûrement de Jacques Basnage, comme on l'a observé dans la *Bibliothèque bourguignonne* de feu M. l'abbé Papillon, où il a donné le catalogue de tous mes ouvrages.

Celui que vous avez entrepris sur cette matière demande un grand travail et une lecture immense. Savaron et Audiguier en ont fait des Traités curieux. Vous pourrez aussi consulter M. Du Cange, tant dans son *Glossaire,* verb. *campiones, campus* et *duellum,* que dans ses Notes sur l'*Histoire* de Joinville, p. 174, et sur les *Establissemens de Saint-Louis,* liv. I, ch. 2; Juret, *in Epist.* 168 *Ivonis Carnotensis;* Du Chesne, *Hist. de Vergy,* p. 167 et suiv.; Corbin, *du Droit de patronage,* t. II, p. 177 et suiv.; Loisel, *Opuscules,* p. 471, et *Institutes coutumières,* liv. VI, tit. I, art. 26 et suiv.; et *Ibid.,* Laurière; Rad. Fornerius, *Rerum quotid.,* lib. VI, cap. 28; Bugnyon, *Loix abrogées,* liv. V, ch. 38, et *Ibid.* Christin; La Thaumasière, *Histoire du Berry,* p. 603; Brussel, *Usage des fiefs,* t. II, p. 960, et plusieurs autres, auxquels vous pourrez ajouter votre Hévin sur Frain, t. Ier, p. 201.

Ce qu'a avancé Danet sans autorité, paroît être tiré d'un passage de Servius sur Virgile, *Æneid.,* X, v. 519, où il s'explique ainsi : *Mos erat in sepulcris virorum fortium captivos necari. Quod postquam crudele visum est, placuit gladiatores ante sepulcra dimicare* [2]. Après quoi il rapporte des vers d'Homère, tirés de l'*Iliade,* liv. XXI, v. 26, où il n'est pourtant parlé que des captifs qu'Achille immola aux mânes de Patrocle. En effet, on ne voit pas que les combats des gladiateurs aient été jamais en usage chez les Troyens, ni chez les gens de ces temps-là.

A l'égard des Galates, ils étoient entièrement Gaulois d'origine, et même, pour la plupart, des environs de Toulouse. Or, je ne doute pas que l'usage des duels n'ait pris sa source des peuples barbares du Nord, dont sont descendus les anciens habitans des Gaules.

Mais vous pourriez trouver tous les éclaircissements que vous désirez, dans un ouvrage qu'a fait imprimer sur cette matière en italien, depuis peu, M. le marquis Maffei, de Vérone, dont la vaste érudition vous est sans doute

(1) *Dissertation historique sur les duels et les ordres de chevalerie,* par Basnage, avec un Discours où l'on entreprend de montrer que le duel est une vengeance barbare, injuste et flétrissante, par P. Roques. Basle, Jean Christ, 1740. 1 vol. in-12.

(2) C'était autrefois la coutume d'immoler les captifs sur les tombeaux des guerriers; mais, cela ayant ensuite paru cruel, on se borna à faire combattre des gladiateurs devant les tombeaux.

connue. Je n'ai point vu son livre; mais je ne doute pas qu'il n'y ait épuisé tout ce qui se peut dire, pour faire voir l'origine, le progrès et l'impertinence de cet usage.

Venant à votre dernière question sur les francs-fiefs, je vous dirai que notre province n'a fait aucun abonnement sur ce droit, qui s'y lève rigoureusement sur ceux qui sont dans le cas. Je souhaite que vos États soient plus heureux, et suis avec une parfaite considération, Monsieur, votre très-humble et très-obéissant serviteur,

BOUHIER.

A Monsieur Chevaye, à Clisson, par Nantes, en Bretagne.

Chevaye ayant publié depuis sa version poétique d'Ovide, avec la plupart des corrections indiquées par le président Bouhier, nous l'insérons à la suite de cette lettre.

TRADUCTION LIBRE DE LA 4e ÉLÉGIE DU LIVRE Ier DES *Tristes*.

Tingitur Oceano custos Erymanthidos Ursæ, etc.

Par son coucher fatal, sur la liquide plage,
Le gardien de l'Ourse excite un noir orage;
Mais l'ordre de César, plus fort que notre peur,
Nous contraint de braver une mer en fureur.
Où suis-je, juste ciel? les vagues entassées,
Par la fougue des vents dans les airs élancées,
Sur notre triste nef fondent de tous côtés;
Et les portraits des Dieux n'y sont pas respectés.
Les antennes, les mâts, le corps du vaisseau même;
Tout gémit, tout prend part à notre peine extrême.
Dans cet affreux péril, tremblant et consterné,
Le nocher de son art se trouve abandonné;
Et comme un écuyer, quelque adroit qu'il puisse être,
D'un coursier trop ardent cesse d'être le maître,
Ainsi les matelots, par le courant vaincus,
Y règlent leur manœuvre, et ne résistent plus.
Ah! si le même vent poursuit sa violence,
Je vais au grand César manquer d'obéissance.
Déjà, laissant au loin les bords illyriens,

Malgré moi, je revois les champs ausoniens.
O vents, qui vers ces lieux poussez notre navire,
Du Dieu qui m'en bannit respectez mieux l'empire.
Mais tandis que je crains ce qui flatte mes vœux,
Le flot vient m'assaillir d'un choc impétueux.
Puissans Dieux de la mer, qui connoissez mon crime,
Laissez Jupiter seul jouir de sa victime :
Daignez sauver mes jours ; si pourtant mon destin
Ne mérite pas mieux que j'en cherche la fin.

(*Journal de Verdun,* février 1758, pag. 135-36.)

XXVI.

A Soissons, le 13 mars 1746.

Il est vrai, Monsieur, que j'ai passé à Paris un temps assez long, mais j'y étois occupé d'une importante affaire. J'y ai marié ma fille aînée, âgée de quatorze ans, au fils de M. de Neuville, fermier général([1]), et j'ai obtenu l'agrément de remettre la direction des fermes que j'occupe ici à mon gendre. Je suis revenu préparer tout pour le recevoir. Il arrivera dans peu de jours; et quand je lui aurai remis l'emploi qui me rendoit esclave depuis tant d'années, j'aurai le bonheur de me retrouver libre.

Mon intention étoit de profiter de ma liberté pour me donner tout entier aux lettres; mais ce que je viens d'éprouver depuis peu à l'Académie françoise, qui, par bien des raisons, devoit être mon asile, me dégoûte entièrement de la profession d'homme de lettres. Je n'ai point fait fortune dans la carrière de la finance; je paroissois n'être point fait pour elle, et j'y étois regardé commé étranger. Celle des lettres devoit être la mienne; cependant, j'y éprouve tant

(1) Anne Racine, mariée à L.-G. Mirleau de Neuville de Saint-Hery des Radrets, morte à Blois le 1er novembre 1805.

de contradictions, que je n'exhorterai jamais mon fils à la choisir. Je ne vous ferai pas un récit de toutes mes infortunes académiques, il ne feroit que vous ennuyer. Je ne dois plus songer qu'à goûter dans un repos tranquille cette vie heureuse qu'on ne trouve, comme dit Cicéron, *quàm latendo et tacendo* (1). Coignard partage mon édition en quatre petits volumes; les trois premiers sont imprimés. Il va imprimer un autre ouvrage qui me reculera peut-être : c'est *l'Anti-Lucrèce* tant attendu, françois et latin. La traduction étoit nécessaire pour faire lire un poème latin d'une pareille longueur (2).

J'ai l'honneur d'être, avec un inviolable attachement, etc.

« En 1510, Jean Le Maire de Belges publia ses deux *Épîtres de l'Amant vert,* adressées à Mme Marguerite d'Autriche. Elles sont en vers, et la première contient les regrets du poète sur le départ de la princesse, quand elle passa en Allemagne pour voir Maximilien son père et Philippe I son frère. Je ne vois pas la raison qui avoit fait prendre à l'auteur le surnom de *l'Amant vert,* à moins qu'on ne s'en tienne à ce qu'il dit dans la pièce, d'un habillement tout vert qu'il portoit, et dont il fait une longue description, tandis que la princesse d'Autriche, sa dame, sembloit vouée à la couleur noire, plus convenable qu'aucune autre aux funestes accidents qu'elle avoit essuyés dans le cours de sa vie.

« Cette première épître répond parfaitement au titre d'amant que l'auteur y prend : elle ne respire que la passion, et Le Maire ne craint pas de s'y vanter d'avoir vécu très-familièrement avec la princesse. Ce qui me surprend, c'est que non-seulement il ait pris la liberté de le lui écrire à elle-même; mais, de plus, qu'il se soit persuadé qu'il lui feroit plaisir en

(1) Qu'en se cachant et se taisant.

(2) Anti-Lucretius, sive de Deo et naturâ libri novem. Opus posthumum cardinalis Melchioris de Polignac, curâ et studio Caroli d'Orléans de Rothelin editioni mandatum. *Parisiis,* 1747, 2 vol. in-8°. — Anti-Lucrèce, poème sur la religion naturelle, composé par le cardinal de Polignac; traduit en prose par Bougainville, secrétaire perpétuel de l'Académie française. *Paris, Guérin,* 1749, 2 vol. in-8°. — Le même ouvrage a été traduit en vers français par l'abbé F.-J. Bérardier de Bataud. *Paris, l'Auteur et Berton,* 1786, 2 vol. in-12.

l'annonçant à tout le monde, par la publication de son épître. Il s'y dit né dans la haute Éthiopie, mais il est aisé de voir que c'est une fiction. La douleur d'être éloigné de Marguerite d'Autriche avoit fait mourir le poète, et la seconde épître est le récit de ce qu'il avoit vu dans l'empire des Morts. Cette seconde épître est en forme de dialogue entre l'auteur, Mercure, et celui que Le Maire appelle *l'Esprit vermeil*. Mercure lui fait la description des enfers, et l'introduit devant Pluton; et *l'Esprit vermeil* fait connoître à Pluton les grandes qualités du nouvel hôte, et celles de la princesse qu'il avoit servie, et persuade au Dieu des enfers de renvoyer le poète auprès d'elle. Anne de Bretagne se plaisoit quelquefois à lire cet ouvrage, dont elle faisoit son amusement; elle est louée à la fin de la seconde épître. » (*L'abbé* GOUJET, *Bibliothèque françoise, ou Histoire de la Littérature françoise, etc.*, tom. X, p. 82-4; Paris, Mariette et Guérin, 1745, in-12.)

A Nantes, le 17 mai 1746.

Ma paresse, Monsieur et très-cher ami, ne vous rebute point, et vous avez même la bonté de ne m'en pas faire les reproches que je mériterois; car quoique toujours au même état où vous m'avez laissé, c'est-à-dire, dans des sueurs continuelles depuis midi jusqu'à minuit, je puis écrire le matin, et je suis inexcusable de ne l'avoir pas fait, surtout s'agissant d'un ami tel que vous. Je fais sans doute un cas infini des traits de littérature dont vous semez quelquefois vos lettres; mais elles n'ont pas besoin, pour me plaire, de cet assaisonnement. Ce qu'elles ont pour moi de plus précieux, ce sont les témoignages d'amitié et d'estime dont elles sont remplies. C'est, en effet, à M. Bouhier que M. de Voltaire succède (1). Il semble que l'on ait exigé de lui une espèce de profession de foi; car il paraît, depuis un mois, une lettre qu'il adresse au père de La Tour, jésuite, dans laquelle il traite de haut en bas le Gazetier ecclésiastique et tout son parti (2), et fait en

(1) Le président Jean Bouhier, membre de l'Académie française, né à Dijon, le 16 mars 1673, était mort dans cette même ville, le 17 mars 1746.

(2) Nouvelles ecclésiastiques, ou Mémoires pour servir à l'histoire de la constitution *Unigenitus* (par les abbés Boucher, Berger, Fontaine de la Roche, Troya, Guidy, Rondet, Larrière et Saint-Mars), commençant en janvier 1728, avec une introduction pour les années précédentes, et finissant le 25 décembre 1793; imprimées clandestinement et formant 24 vol. in-4° à deux colonnes. C'était l'organe du jansénisme.

même temps le panégyrique des Jésuites. Cette lettre a été occasionnée par quelques traits que le Gazetier lâcha au sujet du bref que Voltaire reçut du pape; vous en avez ouï parler dans le temps.

M. l'abbé Ogereau ne court pas risque d'être pris au mot pour le Cicéron d'Elzevier en 10 vol. in-16. Je vois, par un mémoire que j'ai, qu'il fut vendu 77# 5ʃ, en 1725, à la vente de M. Du Fay, et 91#, en 1728, à celle de M. d'Hoym. Il est certain que mon voisin embrasse l'Encyclopédie; tout lui est bon, pourvu que ce soit du rare et du singulier; il ne s'attache à aucun genre particulier; seulement j'ai remarqué qu'il a un plus grand nombre de livres d'histoire naturelle que d'autres (1).

Il vient de paroître trois nouveaux volumes du *Spectacle de la nature;* c'est de l'homme dont ils traitent. Je ne les ai pas vus, mais on m'en a dit beaucoup de bien.

On a aussi, depuis peu, deux nouveaux tomes de l'abbé Goujet. Suivant ce que l'on m'a dit, il y est question des poètes françois. Il est bien heureux que l'abbé Desfontaines soit mort, car celui-ci, qui ne l'aimoit pas, auroit fait une furieuse sortie sur lui pour une bévue horrible qu'on m'a assuré qu'il a faite en parlant d'une pièce de Jean Le Maire, intitulée : *Épître de l'Amant vert* (2). Le pauvre abbé Goujet n'a pas vu qu'il s'agit là d'un perroquet, et, prenant cet amant pour un homme, il se jette dans des conjectures extrêmement ridicules. C'est M. Hubelot qui a fait cette remarque. Il a l'ouvrage de Le Maire, et il m'a dit qu'il falloit être aveugle pour ne pas voir que le héros de l'épître est un perroquet.

(1) Jean Ogereau, ancien sulpicien, et non oratorien comme dit Le Boyer, mort prêtre habitué de l'église de Saint-Similien de Nantes, à l'âge de soixante-dix-huit ans, le 23 mai 1784, après avoir tenu longtemps un pensionnat de jeunes gens dans la rue du Collége, à Saint-Clément. Il est auteur d'un pauvre écrit de bibliographie, sous ce titre : *Biblologie abrégée ou Essai sur les livres considérés tant en eux-mêmes, que par rapport à la partie typographique, et à leur valeur;* à La Haye (Nantes), 1778, in-4° : ouvrage qui prouve cependant qu'il était amateur.

(2) Le triumphe de l'Amant vert, compris en deux épistres fort joyeuses, envoyées à Mme Marguerite Auguste. *Paris, Denys et Sim. Janot,* 1535, in-16.

« Livre rare, qui se trouve réimprimé à la suite des *Illustrations des Gaules,* de Jean Le Maire. Cet Amant vert, que l'abbé Goujet et l'abbé Sallier (XIIIe vol. des *Mémoires de l'Académie des inscriptions),* ont cru être Le Maire lui-même, n'est autre qu'un perroquet, dont Marguerite, fille de Maximilien Ier, prenait soin. » (Brunet, *Manuel du Libraire et de l'Amateur de livres,* 4e édit., au mot Le Maire.)

Vous vous souvenez peut-être qu'étant, il y a deux ans, dans l'état où je me trouve aujourd'hui, obligé de rester au lit sans pouvoir même lire, j'imaginai, pour me désennuyer, d'imiter quelques épigrammes de Martial, que je mettois dans ma tête avant de me coucher. J'en fis alors quinze ou seize que je vous montrai. La même fantaisie m'est revenue depuis un mois et demi, et j'ai si bien pris goût à cet amusement, que j'ai actuellement une provision d'environ cent épigrammes. Je vous en envoie une douzaine. Ce sont *carmina verè sudata*, car il est très-vrai que je n'y ai travaillé que dans les temps où la sueur me mettoit hors d'état de faire autre chose. J'avois, dès hier matin, copié les quatorze épigrammes que contient la feuille ci-jointe; j'y en vais ajouter deux que je fis dans l'après-midi :

Pendunt carmina, etc., lib. XII, épigr. 46.
Avec les mauvais vers qu'au public il débite,
Le poète Damis fait bouillir sa marmite.
De ses pareils, dit-on, la folie est le lot:
Si Damis est un fou, le public est un sot (1).

Formosissima. VIII, 52.
Je m'étais vainement flatté
Que, du désordre de ta vie,
Naîtrait enfin ma liberté.
Laïs, ta fatale beauté
Tient toujours mon âme asservie.
Ah! pour mon repos, que n'as-tu
Moins d'attraits ou plus de vertu!

En voici une imitée de Saint-Geniés, que je vous envoie sur le marché :

Le poète Damis, inquiet pour tes jours,
A pour toi, dans ses vers, imploré le secours
De la divinité qu'Épidaure révère.
Crois-moi, de ce dieu salutaire
Si tu veux, Lycoris, mériter la faveur,
Choisis auprès de lui quelque autre intercesseur:
Celui-là ne sauroit lui plaire,
Il est trop mal avec *son* père (2).

(1) Chevaye a consigné, au dos de la lettre de Bertrand, cette variante de traduction de la même épigramme, calquée sur celle de son ami :

Avec les mauvais vers que le public achète,
Lysandre fait bouillir son pot.
Sans être fou, dit-on, on n'est jamais poète :
Si Lysandre est un fou, le public est un sot.

(2) Avec le dieu son père, c'est-à-dire avec Phébus, père d'Esculape, dieu de la médecine, qu'on adorait spécialement à Épidaure.

Trouvez-vous que *son* fasse là une équivoque? Ce seroit la faute de notre langue.

J'en ai quelques-unes *in importunatos recitatores,* que vous trouverez peut-être que j'aurois dû joindre aux autres. C'est un défaut qu'on blâme volontiers dans les autres, et dont on ne se corrige pas volontiers soi-même.

J'ai l'honneur d'être, avec le plus tendre attachement, Monsieur mon très-cher ami, etc.

BERTRAND.

Je ne serois pas fâché d'avoir les preuves que M. votre ami (Bertrand ou plutôt Hubelot) a que l'amant de Le Maire de Belges n'étoit autre qu'un perroquet. Plusieurs de nos messieurs de l'Académie des inscriptions et belles-lettres ne sont point de ce sentiment; mais eux et moi nous pouvons nous tromper. (*Extrait d'une lettre de l'abbé Goujet à Chevaye,* du 8 novembre 1746.)

A Paris, ce 30 décembre 1746.

Je ne doute presque plus, Monsieur, que l'Amant vert de Le Maire de Belges ne soit un perroquet : vous m'en donnez des preuves. Je vois bien qu'en lisant cet auteur, j'avois eu tort de chercher de l'allégorie dans un sujet qui me paroît maintenant si simple. Je vous suis obligé de la peine que vous avez bien voulu vous donner de transcrire une partie du mémoire que le généreux anonyme vous avoit communiqué. Je voudrois bien, en revanche, satisfaire à vos désirs; mais je n'ai point les poésies de Baïf, et je ne connois aucunement le *Trésor des Muses françoises.* Je serai plus habile dans la suite; mais je ne me charge que des lectures qui me sont nécessaires pour mon ouvrage, et les deux volumes que l'on va imprimer finiront à Baïf exclusivement. J'espère que vous me fournirez d'autres occasions de vous témoigner ma reconnaissance, et de vous assurer de la parfaite considération avec laquelle je serai toujours, Monsieur, votre très-humble et très-affectionné serviteur,

GOUJET, chanoine de St-Jacques de l'Hôpital.

A Monsieur, Monsieur Chevaye, conseiller du roy, auditeur en sa Chambre des comptes de Bretagne, à Clisson, près Nantes en Bretagne.

XXVII.

A Paris, le 16 janvier 1747.

N'ayant point d'occasion pour Nantes, je me sers, Monsieur, de la correspondance de mes libraires avec les vôtres. Voici un billet sur lequel ils vous délivreront un exemplaire de ma nouvelle édition, dans quinze jours environ, suivant ce que m'assurent mes libraires, qui doivent faire un envoi à Nantes. Vous trouveriez bien chez les vôtres les trois derniers volumes reliés; mais ils n'ont point le premier, qui ne paroîtra ici que dans deux mois. C'est pourquoi l'exemplaire qui vous sera remis, sera en feuilles; et ne vous pressez pas de le faire relier, parce qu'en quelques endroits il maculeroit. Il s'est glissé plusieurs fautes dans une édition qui n'a point été faite sous mes yeux. Si l'errata qu'on imprime actuellement et que je compte qui sera joint à votre exemplaire, ne s'y trouvoit point, vous le demanderez; et vos libraires doivent le demander aussi pour eux.

Je devois mettre dans cette édition la traduction dont vous avez honoré ma 1re Épître de la ville de Paris, et une autre en vers élégiaques de la 2e. Mais on m'a fait observer que je donnerois prise sur moi à mes ennemis, par cette vanité; que Boileau lui-même avoit supprimé de son recueil les trois traductions latines de son ode de Namur, qu'il y avoit fait mettre d'abord; et qu'un auteur, qui doit toujours paroître modeste, ne devoit point annoncer lui-même la traduction de ses ouvrages.

J'ai l'honneur d'être, avec un inviolable attachement, etc.

XXVIII.

A Paris, le 17 mai 1747.

Je sais maintenant, Monsieur, quelle est la pièce de vers dont vous m'avez parlé : elle a été faite par un jeune homme de l'Oratoire, qui n'est plus maintenant dans cette congrégation.

On a imprimé, autrefois, quelques odes de M. Coffin ; elles sont en fort petit nombre. Une des meilleures est celle sur le vin de Champagne, contre M. Grenan, qui avoit pris le parti du vin de Bourgogne. Cette dispute leur fit faire à tous deux de fort jolis vers (1).

Je n'ai point eu de nouvelles du Carme prédicateur, dont vous m'avez annoncé la visite.

Je serois un peu trop honteux de demander à un savant en hébreu, de me mettre en termes communs plusieurs mots : d'ailleurs, il me paroît que votre objet est l'examen de la versification hébraïque. Or, cette question est traitée en bien des livres, et en particulier dans le IVe volume des *Mémoires de l'Académie des Inscriptions et Belles-Lettres ;* la dissertation est de M. Fourmont.

(1) « Vers l'année 1712, il s'éleva, entre deux célèbres professeurs dans l'Université de Paris, Grenan et Coffin, une dispute sur la prééminence des vins de Bourgogne et de Champagne. Chacun plaida sa cause en homme de lettres, et fit paraître, au lieu de mémoire, une belle ode latine. Le public applaudit, sans vouloir prononcer, et les deux vins ont continué de faire concurremment les délices de la table. » (Poème des *Plantes,* par Castel, note 20 du IIIe chant.)

Ces deux odes ont été traduites en vers français (*Paris, Firmin Didot,* 1825, in-8° de 15 pp., et *Jules Didot,* 1826, in-8° de 24 pp.), par un gentilhomme du bas Poitou, le comte Louis de Chevigné, gendre de la belle et fameuse champenoise Mme Cliquot, qui obtint, en 1814, de l'empereur Alexandre, le privilége exclusif de vendre ses vins mousseux dans toutes les Russies ; ce qui lui procura et aux siens 400,000 livres de rente.

Les savans ne peuvent s'accorder sur ce point, parce que les plus savans sont très-ignorans dans une langue que les Juifs même connoissent bien peu aujourd'hui. Saint Jérôme, qui étoit instruit par des Juifs plus près de la source, s'est beaucoup trompé quand il a cru voir des vers hexamètres, saphiques, etc., dans la poésie des Hébreux. On convient aujourd'hui que la versification n'est point réglée, qu'on y trouve seulement de temps en temps des rimes; ce qui n'est pas étonnant dans une langue où tant de pluriels ont la même terminaison : *Elohim, Adonaim, etc.* Vous trouverez toutes ces choses discutées dans le P. Calmet. J'ai autrefois su un peu d'hébreu; il est fort aisé d'en savoir un peu, mais impossible de le bien savoir. On ne s'accorde ni sur la prononciation, ni sur la signification des mots. Les points la changent, et les points, comme vous savez, sont une invention des Juifs depuis J.-C. Nous avons beaucoup de versions latines des psaumes faites sur l'hébreu, saint Jérôme, Vatable, etc.; en voici une nouvelle par les pères de l'Oratoire : aucunes ne s'accordent.

Je ne sais pourquoi vous donnez à la rime l'épithète de *gothique*. Seriez-vous dans ce préjugé de la croire une invention des peuples du Nord? Je vous prierois alors de lire ce que j'en ai dit dans mes *Réflexions sur la Poésie*, vol. I, p. 156.

J'ai l'honneur d'être, avec un inviolable attachement, etc.

A Nantes, le 8 décembre 1747.

Il faut, Monsieur et cher ami, que vous ayez un fonds inépuisable de bonté pour pouvoir vous accommoder d'un ami aussi paresseux que moi. Il y a longtemps que je vous dois une réponse, et qui plus est des remercîmens pour le livre dont vous m'avez gratifié. Je dois être d'autant plus obligé du sacrifice que vous m'en faites, que je ne le crois pas commun. Du moins il ne m'étoit pas encore tombé sous la main.

Je vais vous apprendre une nouvelle qui vous surprendra autant qu'elle m'a étonné. Je vous ai marqué ci-devant que, dans le peu de séjour que je fis à Angers, j'avois fait connoissance avec deux ou trois des principaux membres de l'Académie de cette ville, entre autres avec M. l'abbé Loüet, qui en doit être le doyen, car il n'est guère moins qu'octogénaire. Je reçus, il y a quinze jours, une lettre de lui par laquelle il me marquoit qu'on avoit résolu de m'associer à cette Académie, et que l'on attendoit mon consentement pour cela. Vous jugez bien ce que je répondis. Deux jours après, je reçus du secrétaire le certificat de mon association. Ce qu'il y a de plus touchant pour moi, c'est que, dans la même assemblée, on associa MM. de Voltaire et de Réaumur. Un honneur aussi singulier n'exigeoit pas moins qu'un effort extraordinaire pour en marquer ma reconnoissance. Je me mis en tête de faire une ode et de l'adresser à l'Académie. J'en suis venu à bout, et je vous envoie cet ouvrage, qui partit mardi dernier pour Angers. J'avois d'abord pris pour titre l'Ingratitude en général, croyant que ce sujet n'avoit point été traité. J'avois fait les douze strophes que vous voyez, et je comptois détailler ensuite les désordres que l'ingratitude a causés parmi les hommes; mais lorsque j'étois occupé de ce dessein, quelqu'un m'avertit que Gresset avoit fait une ode sur l'ingratitude. Comme on ne lit guère ses odes, je n'en avois aucune idée. J'ouvre son recueil et j'y trouve, en effet, une ode intitulée l'Ingratitude, et dans laquelle il avoit saisi les mêmes traits que je voulois faire entrer dans la mienne. Cette découverte, dont ma paresse se trouva fort soulagée, m'obligea d'en rester où j'en étois. Par bonheur, Gresset ne m'avoit pas prévenu dans ce que je dis de l'ingratitude relativement à la divinité, et l'éloge du cardinal de Polignac terminoit ma besogne assez heureusement. J'en fus quitte pour ajouter à l'Ingratitude, que j'avois pris pour titre, ces mots : *mère de l'impiété*. Au lieu de ces deux vers de la 12e strophe:

Sa pourpre tire un nouveau lustre
Des vertus dont il est orné.

j'avois mis d'abord ceux-ci :

Sa vertu teint d'un nouveau lustre
La pourpre dont il est orné.

Cette dernière expression, plus figurée et moins commune, m'auroit plu davantage que l'autre; mais j'ai craint que la métaphore ne parût trop forte. je l'ai mise en marge, par forme de variante, et j'ai marqué que je laissois le choix à l'Académie. En même temps que cette compagnie me faisoit l'honneur de m'associer, notre ami Desforges-Maillard m'a fait celui de m'adresser une ode qu'il a fait insérer dans le *Mercure* d'octobre, où vous pourrez la voir. Tout cela ne rend point ma santé meilleure : elle éprouve depuis un mois la révolution que l'hiver y cause ordinairement. La littérature ne me fournit rien de nouveau à vous apprendre.

Je suis, avec l'attachement le plus respectueux, etc.

BERTRAND.

A Paris, rue des Postes, le 28 Janvier 1748.

MONSIEUR,

J'ai reçu, avec bien du plaisir et de la reconnoissance, la lettre que vous m'avez fait l'honneur de m'écrire. Je serois fort heureux si je méritois vos applaudissemens, car je sais combien tous vos jugemens sont éclairés. Mais cette amitié, dont vous avez bien voulu m'honorer et dont je vous demande la continuation, vous oblige non-seulement à me traiter avec indulgence, mais aussi à tâcher de m'encourager. J'avois bien demandé de vos nouvelles à M. Desforges (1) : je suis bien plus ravi d'en apprendre de vous-même, et j'aimerois encore beaucoup mieux que vous fussiez entré sur tout cela dans le plus grand détail, que de vous voir vous en distraire par la comète de 1698 ou par *la croix du sud,* dont la vue ne m'a offert rien de plus considérable que celle de *la chevelure de Bérénice* ou de *la couronne septentrionale.* La croix n'est pas plus régulière que ne l'est la couronne. Ayez agréable de penser, Monsieur, que je m'intéresse infiniment dans tout ce qui vous regarde. Je me souviens toujours de vos qualités éminentes et que, par une inclination trop philosophique, vous cherchez si peu à faire valoir. Quand vous me ferez l'honneur de m'écrire une autre fois, ayez la bonté de me mander tout ce que vous faites et comment vous coulez vos jours ; car je voudrois ne rien

(1) « J'ai reçu une lettre de notre ami M. Chevaye. Je ne lui ferai de réponse que quand j'aurai plus de choses à lui dire, pour ne pas le mettre en frais de ports aussi chers que ceux de Paris. Je vous prie de lui faire bien des amitiés pour moi quand vous aurez occasion de lui écrire, et de lui dire qu'il est plus aisé d'indiquer le *Scanderberg* de Marguerite Sarrochia, que de le trouver pour le traduire. L'adresse de M. Bouguer qu'il me demande, est à M. Bouguer, des Académies royales des Sciences de Paris et de Bordeaux, rue des Postes, près l'Estrapade, à Paris. » (*Lettre de Desforges-Maillard à Bertrand,* datée du Croisic, 20 septembre 1747.)

ignorer sur tout cela. Pour moi, je travaille à ma *Relation* (1); mais les distractions sont continuelles lorsqu'on est à Paris, et outre cela les fonctions académiques ne laissent pas que d'enlever beaucoup de notre temps. Recevez les assurances de l'estime sincère et de la profonde vénération avec lesquelles j'ai l'honneur d'être, Monsieur, votre très-humble et très-obéissant serviteur,

BOUGUER.

(*A Monsieur, Monsieur Chevaye, auditeur à la Chambre des comptes de Bretagne, à Clisson.*)

XXIX.

A Paris, le 26 février 1748.

Il est bien vrai, Monsieur, que je suis maintenant tranquille habitant de Paris, où je n'ai plus à songer qu'à vivre pour moi-même :

Ut mihi vivam
Quod superest ævi, si quid superesse dabunt Dî (2).

J'y vois quelques amis en petit nombre, et ma plus grande société est avec mes livres.

Vous me demandez quelle est la meilleure traduction de Tite-Live : j'aurai l'honneur de vous répondre que je n'achète jamais les traductions d'auteurs latins; j'aime mieux une bonne édition

(1) La Figure de la terre, déterminée par les observations de Bouguer et de La Condamine, envoyés au Pérou pour observer aux environs de l'équateur, avec une Relation abrégée de ce voyage. *Paris, Jombert*, 1749, in-4°, fig.

(2) Que je vive pour moi ce qu'il me reste de vie, si les Dieux m'accordent de survivre encore. (HORACE, *Epit.*, liv. I, XVIIIe, à Lollius, v. 107 et 108.)

Cette citation, que Racine rapportait sans doute de mémoire, est inexacte. Il y a dans le texte original *volunt Dî*, et non *dabunt*.

du texte. M. Crevier, le continuateur de M. Rollin, qui a donné une très-bonne édition de Tite-Live, in-4°, en donne une présentement in-12, avec de petites notes qui sont fort bonnes. Je ne connois personne qui entende mieux que lui Tite-Live. Il m'a paru que les traductions de M. Guérin, mon ancien régent, ne faisoient pas grande fortune. Ce n'est point un censeur qui retarde l'impression de la Vie de mon père (1) : j'ai une approbation depuis cinq mois, et je suis très en règle pour avoir un privilége; mais j'ai lu l'ouvrage au maître des priviléges, et voilà la cause de ce long retardement. Je le vois enfin prêt à consentir à laisser imprimer avec une permission tacite. Je ne vois rien dans cet ouvrage que de très-innocent, mais les hommes dans les grandes places ont des lumières plus étendues que nous autres.

J'ai lu, il y a quelques jours, des vers qu'on m'a dit avoir été faits par M. Bertrand, habitant de votre ville.

Je ne sais si le livre du P. Pichon fait autant parler parmi vous que parmi nous (2).

La traduction italienne du poëme de *la Religion*, par M. l'abbé Venuti, est arrivée ici. J'en ai un exemplaire, et le livre, qui est dédié à M. le Dauphin, lui a été présenté; mais malheureusement le prince n'entend pas l'italien. La traduction me paroît fort fidèle (3).

J'ai l'honneur d'être, avec tout l'attachement possible, etc.

(1) Mémoires sur la vie de Jean Racine (par Louis Racine, son fils). *Lausanne et Genève (Paris)*, 1747, 2 vol. in-12.

Monument de piété filiale, curieux et intéressant pour ceux qui aiment l'histoire littéraire et les traces de la vertu.

(2) L'Esprit de Jésus-Christ et de l'Église sur la fréquente communion. *Paris, Guérin*, 1745, in-12 de 528 pp.

Contre-partie du célèbre ouvrage du docteur Ant. Arnauld. Elle souleva beaucoup de contradiction dans l'Église gallicane, et fut l'objet de nombreuses censures épiscopales. La réunion des divers mandements portant condamnation, forme 2 vol. in-4°. Le P. Pichon fut d'abord relégué en Auvergne, puis obligé de sortir du royaume. C'est à partir de la publication de son livre, qui ne méritait guère tant d'éclat, que l'on commença, en France, à saper la Société de Jésus et à préparer sa ruine.

(3) Della Religione, poema, tradotto dal francese in versi toscani sciolti dall' abate Filippo déi Venuti. *Avignon*, 1748, in-8°.

Cet abbé est auteur de *Dissertations sur les anciens monumens de la ville*

A Nantes, le 21 septembre 1748.

Je crois, Monsieur et cher ami, vous avoir dit qu'un membre de l'Académie d'Angers, avait entrepris, au commencement de cette année, un ouvrage par feuilles, intitulé : *Recueil de littérature*. Il en a paru jusqu'ici onze feuilles. On y a inséré mon ode à cette Académie et plusieurs de mes imitations de Martial, que l'auteur m'avait demandées. Mais quelques-unes de ces petites pièces ont été estropiées et défigurées, et cela m'a déterminé à donner moi-même un recueil de toutes ces bagatelles, que Marie est actuellement occupé à imprimer, sous le titre de *Poésies diverses,* sans nom d'auteur (1). J'ai fait mettre au titre ce bout de vers : *Longi solatia morbi,* et en guise de préface :

Dans un triste loisir, à moi-même livré,
J'allois périr d'ennui, lorsque la poésie
M'offrit un remède assuré
Contre ce poison de la vie.
Heureux ! si ces vers au lecteur
Ne donnent point la maladie
Dont ils ont su guérir l'auteur.

J'ai inséré à la fin du recueil les deux fables traduites de Lafontaine, que je vous montrai, et une troisième que j'ai traduite depuis quelques jours. Seriez-vous d'humeur à profiter de l'occasion pour faire part au public de votre traduction de l'églogue de Palémon. Je serois bien charmé de lui faire ce présent, quelque tort que mes productions pussent recevoir d'un pareil voisinage. On vous nommera, si vous le jugez à propos ; sinon, on vous fera garder l'incognito, comme à moi. Si vous vous déterminez à m'accorder ce que je vous demande, il faudra que vous preniez la peine de m'envoyer cette traduction, car on m'a volé la copie que j'avois faite sur celle que vous eûtes la bonté de me communiquer. Il m'en est resté plus des trois quarts dans la mémoire, mais j'ai fait des efforts inutiles pour me rappeler le reste.

de Bordeaux, sur les gahets, les antiquités et les ducs d'Aquitaine ; avec un Traité historique sur les monnoies que les Anglois ont frappé dans cette province (Bordeaux, J. Chappuis, 1754, in-4°, avec 8 pl.), dont le fils de Montesquieu fut l'éditeur.

(1) A Leyde (Nantes), chez Iramcniotena (anagramme d'Antoine-Marie), 1749, in-12 de 183 pp.

Hâtez-vous, je vous prie, de me faire savoir sur cela votre résolution, car il y a déjà quatre feuilles d'imprimées. Votre traduction viendra à temps, si vous pouvez me l'envoyer dans le cours de la semaine prochaine.

J'ai l'honneur d'être, avec le plus respectueux attachement, votre très-humble et très-obéissant serviteur,

BERTRAND.

Nantes, 20 novembre 1748.

Vous avez la bonté, Monsieur et cher ami, de me faire des remerciemens, tandis que c'étoit à moi à vous en faire, d'avoir bien voulu me permettre d'associer vos ouvrages à mes foibles productions. Je comptois que Marie vous auroit remis au moins trois exemplaires, dont un relié. La fièvre qui me prit lorsque l'ouvrage parut, me mit hors d'état de prendre ce soin par moi-même, et j'en avois chargé l'imprimeur. Je vois que vous n'avez reçu de lui que deux exemplaires, et j'ai lieu de croire qu'il n'y en a aucun de relié. Tout franc, cela me fâche; et l'imprimeur a d'autant plus de tort, qu'il a pris occasion de l'augmentation de travail que vos ouvrages ont causée, de renchérir le recueil de six sols. Car il n'avoit d'abord marqué le prix qu'à 30 sols, et il a fait après coup un 6 du zéro; ce que vous verrez aisément en jetant l'œil sur le titre. Vous aurez sans doute remarqué que j'ai profité de l'avis que vous me donnâtes, d'ajouter à la fable du Renard la morale qui manquoit à l'original. Je souhaite que vous en ayez été satisfait. L'auteur de la fable *Pastor et Mare* est M. de Boisbernier, ancien avocat du roi d'Angers, et depuis plusieurs années directeur de l'Académie. Il a beaucoup de goût pour la littérature latine. Il doit y avoir aujourd'hui une assemblée publique de cette Académie, où notre ami Desforges-Maillard sera vraisemblablement nommé associé. Je n'ai encore pu trouver d'occasion pour lui faire tenir un exemplaire de notre recueil. J'ai eu l'attention de le lui faire relier (1). Je me suis rappelé qu'il ne trouva pas bon que M. de Voltaire lui eût envoyé ses œuvres en redingote de papier marbré. Je ne sais si je vous ai marqué que Mme Desforges est grosse d'un quatrième enfant. Cette prodigieuse fécondité déplaît infiniment à notre ami, qui s'en plaint amèrement

(1) Voir sur cet exemplaire, qui appartient aujourd'hui à la Bibliothèque publique de Nantes, la note de la p. XI ci-dessus.

à tout le monde. Si le recueil, dont l'imprimeur m'a dit n'avoir tiré que 450 exemplaires, parvient à l'honneur d'une seconde édition, j'aurai soin de faire ajouter le vers que vous m'envoyez. Corrigez, s'il vous plaît, deux fautes d'impression : la 1re, page 15, vers 10, *des jours* : lisez *ses jours*; la 2e, page 121, vers 1, *du* : lisez *de*. J'ai remarqué aussi deux inadvertances de ma part, que vous pourrez corriger comme je l'ai fait sur tous les exemplaires qui m'ont passé par les mains : page 87, vers 3, *mort* : lisez *fin*; page 128, vers 4, *grand* : lisez *bien*. L'imprimeur auroit dû mettre en caractère romain les traductions latines, et le reste en italique, d'autant plus que son italique n'est pas beau. Je m'avisai trop tard de l'en avertir. M. Lohier, à qui j'ai fait donner un exemplaire, en m'en remerciant m'a chargé de vous faire mille complimens.

La question que vous me proposez ne me paraît pas faire de difficulté. Votre fermière est sans contredit obligée d'entretenir de palissades : c'est une clause de son bail, et elle n'a pu sous-louer qu'à la même condition. Si elle a manqué de le faire, son sous-locataire ne peut avoir d'action que vers elle, et non vers vous, qui n'avez point contracté avec lui, etc.

Votre inscription pour l'île Feydeau est un morceau comparable à tout ce que Santeuil a fait de mieux en ce genre. J'ai bien envie que la ville en fasse usage. Elle seroit plus vraie aujourd'hui qu'elle ne l'étoit peut-être dans le temps que vous la fîtes. Sans parler des maisons de Mme Charon et de M. Valleton, M. de la Villetreux en bâtit actuellement une qui sera vraiment superbe. J'oubliois de vous dire que ma santé est en meilleur état. Mes sueurs ont cessé depuis deux jours, et je crois en être quitte.

Je suis avec le plus tendre attachement, Monsieur et cher ami, votre très-humble et très-obéissant serviteur,

BERTRAND.

XXX.

Ce 3 août (1749).

J'étois hier, Monsieur, avec le doyen de MM. les gentilshommes ordinaires, qui me dit avoir connu M. du Boullay de la Blinière; mais le père est trop ancien pour qu'il l'ait connu.

Je ne connois point de recueil d'odes sous le nom de Bernard; il peut cependant y en avoir un. Je me souviens d'une ode fort bonne, adressée à M. duc d'Orléans; elle étoit dans les journaux, et fut composée par un père de Sainte-Geneviève, qui se nomme Bernard. J'ignore s'il en a fait plusieurs autres, et s'il les a fait imprimer. Il est maintenant au nombre des bons prédicateurs de Paris.

J'ai entendu dire qu'on imprimoit le recueil des ouvrages de Danchet. Tous les poètes de théâtre sont sûrs d'être imprimés et vendus, parce que nos jeunes financiers qui font des bibliothèques, rassemblent tous les poètes de théâtre bons et mauvais (1). Le théâtre de Danchet fera nombre, comme bien d'autres. Il ne paroît pas encore, et contiendra sans doute ses opéras et ses tragédies, quoique depuis longtemps très-oubliés. On a fait aussi un recueil de tous les ouvrages et de tous les vers défunts, du très-défunt la Mothe. Mais un livre savant, s'il est en latin, et surtout s'il y a du grec, ne trouve plus à Paris d'imprimeur.

J'ai les ouvrages de l'abbé Metastasio en italien, et je ne les estime pas assez pour lire ses traducteurs. Il en a deux ici. Cet abbé, *poeta cesareo*, fait les délices de la cour de Vienne, où il a reçu ce titre, et passe en Italie, comme en Allemagne, pour le plus grand des poëtes. Il a mis en opéra les plus grands sujets de l'histoire, comme la *mort de Caton*, celle *de César*, etc. Ces petits poèmes dramatiques en vers libres, sans rime et en trois actes, sans unité de lieu, ni vraisemblance, ont des admirateurs parmi nous comme en Italie. Chaque scène y finit par une jolie comparaison, qui fournit une ariette au musicien.

(1) Voici un trait qui s'applique parfaitement à ces millionnaires d'alors et de notre temps, bibliomanes improvisés du jour au lendemain, pour le profit des libraires et au détriment des travailleurs sérieux : « On m'a demandé une inscription pour le cabinet des livres d'un homme qui ne lit jamais. J'ai proposé celle-ci : *Multi vocati, pauci lecti*, beaucoup d'appelés et peu de lus. » (*Mémoires du marquis d'Argenson*, t. V et dernier.)

J'ai entendu parler d'un recueil de poésies d'un auteur de Nantes, que je crois encore vivant. J'ignore son nom et le titre de ses ouvrages. On m'a assuré que plusieurs poésies latines, composées par vous, terminoient ce recueil. S'il vous étoit possible de me le procurer, je vous serois très-redevable.

J'ai l'honneur d'être, avec un inviolable attachement, etc.

(Nantes, août 1749.)

Je suis toujours, Monsieur et très-cher ami, dans le même état où vous m'avez laissé, toujours suant dix et douze chemises par jour, et la poitrine chargée; tellement foible que je puis à peine tenir la plume. Je vous rends grâces de vos remarques et corrections, dont je ferai usage. La curiosité que vous témoigne M. Racine, m'honore trop pour que je ne me hâte pas de la satisfaire. J'écris aujourd'hui à un ami que j'ai à Paris, qui a mon recueil et le *Miserere* (1); je le prie de présenter l'un et l'autre à M. Racine, auquel j'écrirai aussi un mot. On me montra, il y a deux jours, dans le journal d'août, ma traduction de l'ode *Pastor cùm traheret*. Je ne sais pas qui m'a joué ce tour. Je voudrois que du moins on n'eût pas mis mon nom, qui y est tout au long. La première strophe de l'ode *Sic te Diva* m'avoit toujours déplu; voici comme je l'ai changée :

Un désir curieux de visiter la Grèce
Vient d'arracher enfin Virgile à ma tendresse.
Heureux vaisseau, c'est moi qui te l'ai confié :
Veille sur ce dépôt avec un soin extrême,
Il y va de mes jours; songe que de moi-même
Tu portes dans ton sein la plus belle moitié.

Marquez-moi, je vous prie, ce que vous pensez de ce changement. Voici aussi ce que j'ai substitué à la fin de la deuxième strophe de l'ode *Pastor cùm traheret :*

(1) Traduction du psaume L (*Miserere meî, Deus*). A M. le chevalier de la M...ière, de l'Académie royale d'Angers. Par l'auteur des *Poésies diverses*, imprimées en 1749, à Leyde, chez Irameniotena, avec cette épigraphe : *Longi solatia morbi. A Nantes, chez Antoine Marie, imprimeur-libraire*, 1749, in-4° de 8 pp.

La Grèce frémit de rage,
Et d'un hymen qui l'outrage
Jure de rompre le cours.
Priam! père déplorable,
Tremble; la Parque implacable
S'apprête à trancher tes jours.

Vous étiez d'avis que je laissasse la première façon :

Je vois la Grèce indignée, etc.

Mais ayant mis dans la première strophe une rime en *ée*, je n'ai pas cru pouvoir la répéter dans la suivante, quoique Rousseau se le soit permis dans les deux premières strophes de l'ode au marquis de La Fare.

Autre changement que j'ai fait à la huitième strophe de l'ode *Otium Divos*; au lieu de ces vers : *Jamais, quoi qu'on puisse dire*, j'ai mis :

Livrons-nous à l'espérance
De voir changer nos destins.
Un bonheur que rien n'altère,
N'est qu'une belle chimère
Dont on berce les humains.

J'oubliois de vous faire part d'une correction que j'ai faite à la première strophe de l'ode *Otium Divos*. Le mot *marchand* me déplaisoit; d'ailleurs ayant employé le marchand et le nocher, on ne voyoit pas auquel se rapportoit *dit-il* du neuvième vers. J'ai donc mis :

Le nocher voit sur sa tête
Briller le feu des éclairs :
L'air siffle, la foudre gronde,
Une obscurité profonde
Lui dérobe la clarté.

Autre à la dernière strophe de l'ode *Sic te Diva*, vers deux :

Dédale dans les airs suit des routes nouvelles.

Ce vers n'est pas à beaucoup près si précis que celui auquel je le substitue; mais j'ai cru devoir, à quelque prix que ce fût, supprimer les hirondelles.

J'ai fait en vain mille efforts pour corriger la septième strophe de mon *Miserere*. Les deux derniers vers sont bons et tellement que je ne crois pas possible de les changer : aussi les avais-je faits les premiers. Il ne s'agit que des deux qui les précèdent.

J'ai fait copier mes quatre nouvelles traductions d'Horace, et je compte les faire remettre à M. Racine.

Je fis ces jours passés cette espèce d'épigramme :

A l'art des médecins lassé de recourir
Pour chasser le mal qui m'obsède,
Je prends, sans murmurer, le parti de souffrir ;
Des maux dont on ne peut guérir
La patience est le remède.

J'ai l'honneur d'être, avec le plus sincère dévouement, etc.,

BERTRAND.

XXXI.

Ce 2 septembre (1749).

Je ne puis, Monsieur, vous satisfaire sur les demandes que vous m'avez faites, parce que je n'ai pas vu depuis un mois M. Titon du Tillet, quoiqu'il m'ait invité à dîner. Voici une saison où l'on va souvent en campagne, et je voltige un peu pour profiter du beau temps. Je ne puis vous rien éclaircir sur Mlle Barbier (1), ni sur M. Le Fort de la Morinière. Je le rencontrois souvent, et quelquefois il me venoit voir. Il y a deux ans que je ne l'ai aperçu ; peut-être est-il allé vivre en province. Sa fortune étoit, je crois, fort médiocre (2).

Je ne connois rien de si peu dramatique que les opéras de Metastasio. Tout ce qui peut s'y trouver de bon est pillé des tragédies françaises; cependant ce poète est en grande réputation, même

(1) Anne-Marie Barbier, auteur dramatique, amie ou correspondante de Chevaye sans doute, laquelle était morte dès lors.

(2) Adrien-Claude Le Fort de la Morinière, littérateur, né à Paris en 1696, mort en 1768, à soixante-douze ans. L'amour des lettres lui ayant inspiré celui de la solitude, il quitta Paris pour se retirer chez les PP. Génovéfains de Senlis, où il vécut douze ans, occupé de différentes publications, qui sont aujourd'hui sans intérêt.

parmi nous, parce que nous n'aimons plus que le joli, ou plutôt le frivole.

Le Hollandois qui a entrepris le poème de *la Religion*, me mande que sa traduction avance. Ce poème a eu deux traducteurs en Italie, un en Allemagne; on m'en annonce une traduction espagnole : je ne crois pas en voir jamais une angloise. Si j'avois fait un roman, je serois bientôt traduit à Londres.

Je viens de recevoir le recueil des *Poésies diverses*, que votre ami vient de me faire remettre. Je lui en écris mon remercîment. J'y trouve d'excellentes choses, et parmi les épigrammes, qui ne sont point des traductions, j'en remarque plusieurs qui sont fort agréables. J'ai trouvé, corrigée sur mon exemplaire, la faute d'imprimeur, c'est-à-dire le vers oublié dans votre traduction.

Par l'avis qui est à la p. 176, j'apprends que vous avez reçu une lettre de Rousseau. Je suis fâché de ne l'avoir pas su plus tôt : je l'aurois insérée dans le recueil de ses Lettres (1); ce qui n'eût pu offenser votre modestie. La chose peut se réparer. Je vous prie de m'en envoyer une copie, et quand on fera une nouvelle édition de ces lettres, j'y ferai mettre celle qu'il vous a écrite.

Je ne sais si les journaux étrangers vont chez vous. Si par hasard vous trouvez le *Journal impartial*, fait par M. Formey, secrétaire de l'Académie de Berlin, vous y verrez le compte qu'il a rendu de ces lettres, et la querelle qu'il a essuyée pour avoir voulu se ranger du parti de ceux qui soutiennent l'innocence de Rousseau, dont on ne doute plus quand on a lu ses lettres. Mais sa mort n'a point calmé la fureur de ses ennemis, et l'on ne dira pas de lui : *Extinctus amabitur idem* (2).

Je suis, avec un inviolable attachement, etc.

(1) Il résulte de là que Louis Racine est bien l'éditeur, ou du moins qu'il a participé à l'édition des *Lettres de J.-B. Rousseau sur différents sujets de littérature* (publiées avec des notes, à Paris, sous la rubrique de Genève, 1749-50, 5 vol. in-12), nonobstant que, par une lettre insérée dans le *Mercure de France*, août 1749, p. 138, il désavoue le *titre d'éditeur des Lettres de Rousseau, qu'on a voulu lui donner*.

(2) Mort, il sera aimé.

La lettre de J.-B. Rousseau dont il vient d'être question, n'était pas personnelle à Chevaye, qui ne paraît point avoir eu avec lui de relations directes. Elle avait été écrite de Bruxelles, où ce malheureux poète était exilé, à leur ami commun Titon du Tillet, en janvier ou février 1740. On trouve rapporté dans la lettre suivante de Desforges-Maillard, le passage auquel fait allusion le susdit avis des *Poésies diverses*, et que la modestie de Chevaye avait forcé Bertrand de supprimer :

J'allois vous écrire, mon très-cher ami, quand votre lettre m'est parvenue, pour vous rendre compte de celle que j'ai reçue, ces jours derniers, de M. Titon du Tillet. J'y ai trouvé l'extrait d'une lettre de M. Rousseau sur votre traduction latine de son Églogue, et les sentimens d'estime et de reconnaissance que ce grand poète témoigne pour votre ouvrage, m'ont fait un véritable plaisir. Voici cet extrait :

« Je ne vous dirai rien de l'Églogue latine, sinon qu'elle me paroîtroit un original, et mon original une assez bonne traduction, si je voyois l'un et l'autre pour la première fois (1). Chargez-vous, Monsieur, de mes remercîmens pour l'auteur, à qui j'aurois peine à pardonner l'honneur qu'il me fait, si je n'étois, grâces à Dieu, bien exempt de l'esprit de jalousie de mes confrères en Apollon. J'ai bien peur que ce que je vous écris ici, ne se sente du froid mortel dont je suis pénétré auprès du plus grand feu de Bruxelles. Je n'ai jamais mieux senti ma décadence que depuis deux mois ; aussi je vous renouvelle mon épitaphe... »

Vous devez être bien sensible, mon très-cher ami, aux éloges que M. Rousseau donne à votre pièce. Vous n'en pouviez pas souhaiter de plus avantageux, ni de plus nettement exprimés. (*Lettre de Desforges-Maillard à Chevaye,* du 22 mars 1740.)

(1) « Rousseau, trop vif en tout, prodiguoit l'hyperbole, et je lui ai toujours trouvé, pour les vers de ses amis, une indulgence que j'attribuois à celle qu'il avoit pour les siens à la fin de sa vie. » (*Lettre de L. Racine à M. D***, à Lyon,* t. VI de ses *Œuvres*, p. 626.)

XXXII.

A Paris, ce 18 janvier 1751.

Je suis agréablement flatté, Monsieur, et très-reconnaissant des complimens que vous voulez bien me faire sur la nouvelle année. Je vous prie d'être persuadé de la sincérité des miens, et des vœux que je fais pour votre santé et pour celle de madame votre épouse. Je souhaite que vous soyez entièrement délivré des alarmes qu'elle vous a causées.

Il n'y a pas d'apparence que MM. Sallier et Foncemagne donnent au public les poésies dont vous me parlez. Ces espèces d'ouvrages conservent un attrait pour les curieux tant qu'ils restent manuscrits, et perdent tout leur crédit quand ils sont imprimés [1].

Je vais souvent aux inventaires de bibliothèques, et j'en vois plusieurs catalogues. J'ai vu vendre bien des fois *la Pucelle* et *Alaric*, mais je puis vous assurer que je n'ai jamais vu, dans aucun catalogue, *Childebrand*. Le seul vers de Boileau a anéanti ce poëme, qui ne m'est encore connu que par ce vers [2].

(1) Il s'agit sans doute des poésies des Troubadours, rassemblées par ces deux savants, et dont le recueil, transcrit par Foncemagne, est conservé parmi les manuscrits de la Bibliothèque nationale, à Paris.

(2) Childebrand, ou les Sarrasins chassés de France, poème héroïque, par Jacques Carel, sieur de Sainte-Garde, conseiller et aumônier du roy. *Paris*, 1666 et 1670, in-12.

L'auteur est un de ceux auxquels Boileau a décerné une célébrité malheureuse, en disant de lui dans *l'Art poétique* :

O le plaisant projet d'un poëte ignorant,
Qui de tant de héros va choisir Childebrand !

Aussi lui substitua-t-il plus tard, au moyen d'un carton, le titre de *Charles-Martel*, maire du palais et frère de Childebrand, tout en essayant de justifier le choix qu'il avait d'abord fait de ce dernier, par la ressemblance qu'il trouve

Je ne sais si vous avez souscrit pour le dictionnaire de l'Encyclopédie ; ce sera un trésor, s'il faut ajouter foi au *prospectus* (1).

Nous sommes accablés d'écrits sur l'affaire du clergé ; c'est tout ce que je sais de nouveau. Ces sortes d'ouvrages deviennent en si grand nombre, qu'ils fatiguent ceux qui font des recueils.

Le roi vient d'accorder des lettres de noblesse à MM. Meraud et Pujol : voilà la chirurgie très-illustrée. Un art si utile aux hommes méritait bien d'être distingué, plus qu'il ne l'avait été jusqu'à présent.

J'ai l'honneur d'être, avec un inviolable attachement, etc.

XXXIII.

Ce 24 février (1752).

Il est vrai, Monsieur, que j'ai fait depuis peu la perte d'une sœur, celle dont il est parlé dans les *Lettres* de mon père, si vous les avez lues, et qui avait été élevée à Port-Royal (2). Elle étoit

entre son nom et celui d'Achille. Assurément personne avant lui ne s'en était douté. Le poème de Carel, non moins barbare que le nom du héros qu'il célèbre, devait être composé de seize chants, dont il n'y a eu que les quatre premiers de publiés. Les douze autres sont restés en chemin, de par Boileau.

(1) On entendait autrefois par *Encyclopédie*, la connaissance des sept arts libéraux ; mais c'était alors, comme aujourd'hui, la science universelle ou l'ensemble des connaissances humaines.

(2) Marie-Catherine Racine, mariée à P.-C. Colin de Moramber, morte le 6 décembre 1751. Il en est, en effet, question à plusieurs reprises dans les *Lettres* de J. Racine à son fils aîné, et les passages qui la concernent ne manquent pas d'intérêt. Forcée par les mesures de Louis XIV d'abandonner Port-Royal, où elle était élevée par les soins et sous les yeux d'une grand'tante, la mère Sainte Thècle Racine, elle rentra dans sa famille, et peu à peu finit par goûter la vie laïque. « Votre sœur demande conseil à tous ses directeurs sur le parti qu'elle

de beaucoup mon aînée. Je suis venu le dernier de sept enfants, et je reste aussi le dernier; mais la différence des aînés au cadet n'est pas assez grande pour que je me doive croire bien éloigné du terme auquel nous devons tous songer. Je suis bien touché de la perte que vous avez faite, et j'y prends toute la part possible (1).

J'ignore si le jeune homme dont vous me parlez, a du talent pour la tragédie; mais le sujet de Cléopâtre, qui a été deux ou trois fois malheureux, et même en dernier lieu sur notre théâtre, a été aussi malheureux chez les Italiens et chez les Anglois. La tragédie de Dryden, sur ce sujet, ne vaut pas mieux que celle du cardinal Delfino.

La traduction de l'hymne de M. Coffin, par M. Bertrand, sera dans le premier journal de Verdun. L'auteur de ce journal m'a dit qu'il en étoit très-content. Il avoit reçu de M. Bertrand la pièce qu'il a mise dans son journal de janvier.

Pour être instruit du livre que vous me demandez, je n'ai pu mieux m'adresser qu'à M. Secousse, chargé et payé par le roi de l'ample recueil des ordonnances de nos rois, et qui a une bibliothèque complète de tout ce qui regarde notre histoire (2). Je vous envoie sa réponse. Ce livre, n'étant pas dans sa bibliothèque, ni dans celle du P. Lelong, ne doit pas être d'un certain mérite, à moins qu'il ne soit imprimé avec un autre titre; ce qui se pourroit bien.

La thèse affreuse soutenue en Sorbonne a causé censure de la Faculté, mandement de l'archevêque, fuite du répondant décrété,

doit prendre, ou du monde, ou de la religion; mais vous jugez bien que, quand on demande de semblables conseils, on est déjà déterminé. Nous cherchons sérieusement, votre mère et moi, à la bien établir. Elle se conduit avec nous avec beaucoup de douceur et de modestie. » (*Lettre du 1er août 1698.*)

(1) C'était un jeune fils que Chevaye venait de perdre au commencement de janvier.

(2) Le catalogue en a été publié à Paris, chez Barrois, 1755, in-8°. C'est un vaste répertoire, et des plus complets, de tout ce qui se rattache à l'histoire de France jusque-là.

et un décret du Conseil qui supprime les deux premiers volumes du dictionnaire de l'*Encyclopédie*[1].

J'ai l'honneur d'être, avec un inviolable attachement, etc.

L'une de ces pièces de vers étant comme le chant du cygne de Bertrand, qui mourut quelques mois après, nous l'insérons ici, d'autant qu'elle n'est pas comprise dans son petit recueil de *Poésies diverses :*

TRADUCTION LIBRE DE L'ODE D'HORACE :

Eheu! fugans, Posthume, etc. (*Carm.*, lib. II, od. 14.)
QU'ON NE PEUT ÉVITER LA MORT, *mortem vitari non posse.*

Nos ans, hélas! nos ans s'écoulent comme l'onde,
Posthume; tes vertus, ta piété profonde
Ne les fixeront pas.
Rien n'arrête du temps la fuite irrévocable;
La vieillesse s'approche, et la mort indomptable
S'avance sur ses pas.

Tu n'éviteras point le séjour de la tombe.
Non, quand ta main feroit d'une triple hécatombe
L'offrande chaque jour,
Ami, n'espère pas fléchir la barbarie
Du Dieu qui tient captifs Géryon et Titye,
Sans espoir de retour.

Nous sommes en naissant soumis à son empire,
L'immuable destin à tout ce qui respire
En impose la loi :
Oui, nous descendrons tous sur la rive infernale,
Et Caron passera dans la barque fatale
Le berger et le roi.

(1) « On peut dire que la thèse de l'abbé de Prades a été la victoire du livre de l'*Encyclopédie*, et qu'elle a ensuite servi de prétexte pour arrêter ce livre. On croit cependant qu'on continuera l'impression de ce dictionnaire, qui n'est encore qu'à la lettre E, mais avec beaucoup plus de circonspection de la part des censeurs. Tout son plus grand péché est quelque trait piquant contre les jésuites et contre la moinaille. » (*Journal de Barbier,* février 1752, tom. V, p. 157. Voir aussi la *Correspondance de Grimm et Diderot,* tom. I, p. 80 et suiv. de l'édit. de 1829; Paris, Furne, 17 vol. in-8°.)

Au fer sanglant de Mars n'exposons point nos têtes.
Gardons-nous d'affronter les horribles tempêtes
Qui soulèvent les mers :
Quand Bacchus de ses dons enrichit la nature,
Défions-nous du vent, qui d'une haleine impure
Vient infecter les airs.

Nous n'en verrons pas moins la région maudite,
Où dans un lit fangeux roulent du noir Cocyte
Les languissantes eaux;
Où des brus d'Egyptus la troupe criminelle,
Pour ne jamais finir, sans cesse renouvelle
D'inutiles travaux.

Il te faudra quitter cet immense héritage,
Ce palais, cet objet à qui l'hymen t'engage
Par des nœuds pleins d'attraits.
Des arbres que tu vois dans ce bocage aimable,
Nul ne suivra son maître, hélas! trop peu durable,
Que l'odieux cyprès.

Tu gardes cependant avec un soin extrême
Ce vin qui piqueroit de nos pontifes même
La sensualité :
Veux-tu qu'un héritier, qui n'en tiendra pas compte,
Le répande à grands flots, et signale à ta honte
Sa prodigalité ?

(*Journal de Verdun,* janvier 1752, p. 60-2.)

XXXIV.

Ce 14 avril (1752).

Vous m'avez demandé, Monsieur, des nouvelles de mon fils ; vous avez bien de la bonté. Il a dix-huit ans, est grand et bien fait, très-bien reçu dans le monde, s'y conduit sagement, ne manque ni d'esprit ni de goût, mais a très-peu d'ardeur pour le travail, voudroit tout savoir et ne rien étudier. Ma plus grande peine est qu'il ne se détermine à aucun parti. Il n'est pas, du reste, étonnant que celui de la robe ne le tente pas ; tout ce qui se passe actuellement au Parlement n'invite pas les jeunes gens à aimer la magistrature. Pour prendre aujourd'hui cet état, il faut se sentir un grand courage.

Un jeune homme de Nantes, qui se nomme M. de la Verdière, m'a fait part de ses ouvrages. Je ne l'ai pas beaucoup loué, parce que je ne veux jamais exciter les jeunes gens à faire des vers ; mais il est certain qu'il a du talent et bien du zèle. Il faudroit qu'il fût bien conduit. J'admire surtout la douceur de son caractère : il témoigne une docilité qui n'est pas commune aux jeunes poètes (1).

Il est certain qu'il faut prononcer *Encyclopédie* comme nous prononçons *entendre*, *entreprendre ;* mais il seroit à souhaiter qu'il ne fût plus question de ce mot, ni du dictionnaire.

J'ai l'honneur d'être, avec tout l'attachement possible, etc.

(1) Bonnet de la Verdière (Jean-Baptiste-Olivier), né à Nantes le 5 octobre 1726, auditeur à la Chambre des comptes de Bretagne par résignation, en 1754, mort à Paris, à l'hospice de St-Sulpice, en avril 1792. Il s'était ruiné par suite de nombreux procès qu'il aurait toujours perdus, pour avoir pris le parti du duc d'Aiguillon contre la noblesse et la magistrature bretonnes. Il a laissé huit vol. in-8° manuscrits de poésies, heureusement inédites, qui, après avoir été longtemps possédés par l'ancien notaire Boulard, surnommé *la Providence des bouquinistes,* appartenait en 1834 à M. Favorot. Dans un mémoire qui est en tête de celui intitulé : *Bucoliques,* il se plaint amèrement de l'historien de Charette, Le Bouvier-Desmortiers, du père duquel il avait acheté la charge d'auditeur des comptes. Il existe actuellement aux mains de MM. Gautier frères, de Nantes, un manuscrit relié de Bonnet de la Verdière, intitulé : *les Sortiléges de Jean Philotémis,* qui a sans doute fait partie de cette collection, quoiqu'il ne porte pas trace de tomaison. Racine eût bien rabattu du zèle et du talent de l'auteur, s'il eût pu en voir plusieurs pièces plus que badines et médiocres. Il s'y trouve aussi un *Mémoire à la Postérité,* sorte de sommaire du précédent, sur ses interminables procès avec Bouvier-Desmortiers. Voir sur Bonnet de la Verdière et ses écrits un article de M. l'abbé Aug. Gautier, inséré dans le *Bulletin du Bibliophile,* année 1854, juillet et août, XIe série, pag. 904-11.

A Marseille, le 15 juillet 1754.

MONSIEUR,

Toutes les éditions de mon poème qui ont paru successivement, et même la 4e, qui est actuellement sous presse, ont chacune en particulier des changements et des corrections en assez grand nombre (1). Vous n'en êtes nullement surpris, ou plutôt vous le seriez du contraire. Rien de fini ne peut sortir de la main de l'homme, et mon ouvrage prouve cette vérité plus que bien d'autres productions littéraires. Mais la quatrième édition qui doit paraître dans deux mois, n'est pas encore celle que je croirai la plus purgée de défauts et la plus digne de soutenir les yeux du public, dont j'ai tant à me louer. Ce sera celle que je donnerai moi-même dans un an, en 1 vol. in-8o, et en gros caractère, et qui renfermera des additions considérables, soit par plusieurs morceaux de vers incorporés dans le poème, soit par une trentaine de notes ajoutées. Voilà, Monsieur, l'édition dont M. de la Visclède a prétendu vous parler, et que diverses circonstances m'empêchent de publier plus tôt. J'ose dire qu'elle méritera un peu plus les éloges dont vous voulez bien honorer la première, qui est très-défectueuse par les fautes compliquées et de l'imprimeur et de l'auteur. Du reste, je ne puis trop vous remercier du jugement honorable que vous portez d'un ouvrage dont le succès a passé de beaucoup mes espérances. Il est bien flatteur pour moi qu'il ait pu obtenir le suffrage d'un homme qui sait associer le goût sûr et délicat à l'érudition vaste et choisie; qualités qui marchent assez rarement ensemble.

Rien ne fait plus l'éloge de votre cœur, Monsieur, que le projet que vous avez formé de donner au public la collection que votre ami avait faite. Il est à présumer que les pièces de poésie, soit latines, soit françoises, qui composeront ce recueil, seront bien accueillies, puisque vous les jugez dignes de paroître au jour (2). Je m'honore fort d'y figurer par l'épisode à la louange

(1) *La Grandeur de Dieu dans les merveilles de la nature, poème.* — Ouvrage souvent réimprimé depuis la première édition publiée à Paris en 1749, pet. in-12. La dernière est de 1820, Paris, Aug. Delalain, in-8o.

Dulard (Paul-Alexandre), poète français, membre de l'Académie de Marseille, né et mort en cette ville en 1696 et 1760.

(2) Ruris Deliciæ. Colligebat ex melioris notæ latinis gallicisque poetis Franciscus Bertrand, Academiæ Andegavensis socius. *Parisiis, apud Jos. Barbou,* 1756, pet. in-8.

« Engagé par son état d'avocat à vivre presque toujours en ville, et ne pouvant

de l'Agriculture et de la vie champêtre, dont quelques journalistes, et nommément M. Fréron, ont parlé avantageusement. Je viens de relire cette digression : je n'y ai point trouvé à retoucher. Je ne prétends pas dire par là qu'elle soit sans défauts ; mais ils échappent à ma vue. Des yeux plus perçants les découvriroient.

Je connois bien de réputation feue Madame de Montégut, maîtresse des Jeux floraux, mais sa *Description des beautés du printems* n'est point parvenue jusqu'à moi. Il vous sera difficile de déterrer cette pièce. Je me serois fait un vrai plaisir de vous la procurer si elle étoit en mon pouvoir.

M. de la Visclède est absent. A son retour, je lui présenterai vos politesses.

Agréez l'assurance du respect avec lequel j'ai l'honneur d'être, Monsieur, votre très-humble et très-obéissant serviteur,

DULARD.

A Monsieur Chevaye, auditeur des comptes honoraire, à Clisson en Bretagne.

XXXV.

Le 30 juillet 1756.

Vous m'exhortez, Monsieur, à ne pas abandonner les Muses. Je suis d'un âge à leur dire adieu, quand je n'en aurois point d'autre raison. J'ai encore à donner au public un assez grand

jouir dans la réalité des plaisirs et des agrémens qu'offre le séjour champêtre, Bertrand imagina un moyen de les goûter au moins en idée. Dans cette vue, il rassembla en un volume, transcrit de sa main, tous les éloges de la vie rustique et toutes les descriptions des beautés de la campagne, qu'il trouva répandues dans les meilleurs poètes, tant latins que françois ; et c'étoit dans la lecture de ce recueil, entre les autres récréations innocentes qu'il se permettoit, qu'il trouvoit de quoi se délasser l'esprit des travaux de sa profession, et du soin de ses propres affaires. » (*Avertissement* des *Ruris Deliciæ*, publiées après la mort de Bertrand par un de ses amis, qui est Chevaye lui-même, comme le prouve cette lettre de Dulard. On y trouve, en effet, pag. 140-42, l'éloge de l'agriculture et de la vie champêtre, tiré du poème de *la Grandeur de Dieu.*)

nombre de psaumes que j'ai mis en vers. C'est un ouvrage de plusieurs années. Il ne s'agit plus depuis longtemps que d'y mettre une dernière main et les derniers coups de lime; mais je n'en ai pas encore eu le courage : j'attends que mon imagination veuille me servir.

Je serai toujours charmé d'entretenir un commerce de lettres avec vous, et je ne puis avoir une plus agréable dissipation.

Vous me demandez des livres que je n'ai plus. J'avais rassemblé un cabinet de livres assez nombreux et curieux : mon malheur m'ayant détaché de tout, j'en ai fait faire une vente publique, et je n'ai gardé que le nécessaire (1).

Le *Poème de la Religion naturelle* est de ce poète, si grand ennemi de la religion. On le reconnoît assez à son style et à ses railleries ordinaires (2).

(1) « Un fils m'étoit cher, non parce qu'il étoit unique, mais parce qu'il promettoit beaucoup. Obligé de se procurer de quoi vivre, il s'étoit déterminé, par un choix sagement médité, au commerce maritime, où les richesses que l'on peut gagner, ne sont point, comme il me le disoit, celles *de l'iniquité*. L'espérance qu'il feroit une fortune honnête et en honnête homme, m'avoit adouci la douleur de sa séparation, lorsqu'il partit pour Cadix; où, à peine arrivé, il vient de m'être enlevé par cet affreux tremblement de terre (novembre 1755), dont on parlera longtemps; et les circonstances qui l'ont fait périr sont si cruelles, qu'elles contribuent à le faire regretter de tout le monde, dans sa patrie et en Espagne, où il s'étoit déjà fait estimer. Dieu me l'avoit donné, Dieu me l'a ôté. Oui, Dieu me l'a ôté, et même par un de ces coups imprévus qui rendent la mort terrible à tout âge, et surtout dans l'âge des passions.... Puisse l'affliction dans laquelle je passerai le reste de cette vie, m'être utile pour l'autre ! Puisse cette Religion que j'ai chantée, arrêter les larmes que la nature veut à tout moment me faire verser sur mon fils, et m'en fournir d'autres pour pleurer sur moi-même ! » (Note finale du dernier chant du poème de *la Religion*, édit. de 1757 et suivantes.)

Ce funeste accident fournit à Lefranc de Pompignan, comme autrefois le trépas de la fille de Perrier à Malherbe, le sujet de stances très-touchantes; et Lebrun a consacré la mémoire du fils de L. Racine, son ami, dans les dernières strophes de sa belle Ode sur les causes physiques des tremblemens de terre.

(2) Ce poème, publié d'abord sous ce titre, fut ensuite réimprimé sous celui de *la Loi naturelle*, qui lui est resté. Il fut condamné au feu par arrêt du parlement de Paris du 23 janvier 1759. Voltaire l'appelait tantôt son *Petit Carême*, par allusion au célèbre recueil de sermons de Massillon, qui était paru quelques années auparavant (voir lettre XIX ci-dessus), tantôt son *Testament en vers*.

Quoique ce siècle soit celui de l'impiété, mon poème de *la Religion* s'y soutient, et les libraires viennent d'en donner une nouvelle édition : c'est la septième faite à Paris.

J'apprends avec plaisir qu'on imprime ici les poésies de M. Bertrand. C'est un recueil dans lequel il y a de fort bonnes choses[1].

Le mot de Sénèque sur Phèdre, cité dans votre lettre, a fait douter à plusieurs personnes que Phèdre fût un auteur de l'antiquité. Il est étonnant qu'aucun des anciens n'en parle. Cependant il a dû faire un personnage, puisqu'il se plaint si haut de Séjan. Ses fables pouvoient-elles être inconnues à Sénèque?

J'ai l'honneur d'être, avec un inviolable attachement, etc.

XXXVI.

Le 10 mars 1757.

Je vous prie, Monsieur, de n'attribuer ni à indifférence ni à oubli mon long silence, mais à des affaires qui m'empêchent de m'occuper, comme je le voudrois, des choses d'agrément. J'ai lu avec beaucoup de plaisir votre poème, et je n'ai aucune critique particulière à en faire. Je voudrois en général que vous y eussiez jeté des descriptions poétiques et agréables des merveilles de la nature, comme a fait Santeuil dans son petit poème de *Pomone amenée à Versailles par La Quintinie*[2]. Dans une aimable fiction,

(1) *Ruris Deliciæ*, compilées par Bertrand et publiées par Chevaye, sur lesquelles voir note de la p. 83.

(2) Ce poème est en latin : *Pomona in agro Versaliensi*, dédié à La Quintinie, directeur des jardins du roi. Lorsque cet habile horticulteur publia, en 1689, ses *Instructions pour les jardins fruitiers et potagers*, Santeuil, pénétré du service qu'il rendait à tous les amateurs de jardinage, lui adressa cette pièce comme un témoignage de reconnaissance publique.

il débite en beaux vers des vérités de physique curieuses. Dans une pareille matière, on aime ces agréments poétiques qu'on ne trouve point chez le P. Vanière, qui débite sèchement ses préceptes et toujours sur le même ton [1]. Vous vous êtes, à la vérité, borné au seul règne de Louis XIV; mais on vous dira que cet art est si perfectionné aujourd'hui par les connoissances que nous avons prises chez les Hollandois et les Anglois, que nous avons bien d'autres merveilles que nous ont procurées les serres chaudes. Cet art a pris naissance sous Louis XIV, qui seroit bien surpris, s'il voyoit aujourd'hui le petit Trianon, et si on lui faisoit manger toute l'année des ananas ; nouveau genre de luxe que les Romains ne connurent pas.

Je suis, Monsieur, avec un inviolable attachement, votre très-humble et très-obéissant serviteur.

RACINE.

Monsieur, Monsieur Chevaye, auditeur des comptes, à Clisson en Bretagne.

(1) Dans son *Prædium rusticum, carmen, libri* XVI, par le P. Jacques Vanière, jésuite, poète latin, né à Béziers en 1664, mort à Toulouse en 1739. Il a un peu trop oublié que dans les poèmes didactiques même les plus courts, on trouve un long ennui, suivant l'expression de La Fontaine.

RENÉ DE L'ESPINE,

CROISICAIS.

Il existe un joli portrait en buste, inclinant à droite et encadré dans un ovale, autour duquel on lit :

RENÉ GENTILHOMME CROISIQUAIS S.R DE L'ESPINE P.R DOMESTIQUE DE MONSEIGNEUR FRERE DU ROY * ΘΕΟΥ ΔΙΔΟΝΤΟΣ — *Du Pré ad vivum delinea.* * *Daret scul. Parisiis* 1637, *die 7.° Aristander Trismegistos, A.° Æt.s* 27, *natus An.°* 1610, *mense 7.°*

Les angles supérieurs de l'estampe sont remplis des attributs de la guerre et des arts, sur lesquels sont inscrits des noms propres. Sur une palette on lit : *Virginie,* et au pavillon d'une trompette : *Gasto.* Les angles inférieurs présentent les attributs des sciences et des lettres ; un livre entr'ouvert porte pour titre : *Œuvres chrest. de Godeau.* Au-dessous et au milieu sont gravées les armes du poète, avec cette devise : *Mieux faire que dire.* De chaque côté sont placées ces deux inscriptions latine et française :

IN FIGURAM ELEGANTISS.M ILLUSTRISS.I ET INGENIOSISS.I VIRI R. NOBILIS ARMORICI REGIS F. POETÆ EPIGRAMMA.

Aspicis effigiem Vatis spirantis in ære,
Qui junxit Geticæ Delplica plectra tubæ.
Sic oculos, sic ille humeros, sic nobilis ora
Unum defuerat, dulcius ille canit.

I. Leocheus Scotus eloquentiæ et philo. profess.

ÉPIGRAMME.

Qu'on ne cherche plus Mars en Thrace,
Ny dans Amathonte l'Amour,
Ny Phœbus sur le mont Parnasse ;
Voycy leur unicque séjour.

I. de Meschinet.

Ce même portrait était tombé, il y a plus d'un siècle, aux mains de Desforges-Maillard ; mais déjà le personnage était oublié et inconnu dans sa patrie qu'il avait sans doute quittée tout jeune. Sa naissance ne se trouvait même pas inscrite sur les registres d'état civil du Croisic, à la date mentionnée par l'estampe; circonstance qui indique que René de L'Espine était né protestant (1). Desforges-Maillard fit de vains efforts pour se procurer quelques renseignements relatifs à son poétique compatriote et à ses œuvres. N'ayant rien pu obtenir sur les lieux, il en écrivit à son ami Chevaye, qui joignait à l'amour des lettres l'amour des livres. Voici sa réponse, que nous extrayons du *Mercure de France*, où elle fut insérée :

« J'ai eu dans mon cabinet les poésies de René de L'Espine, gentilhomme; mais elles ont été enveloppées dans l'incendie de ma maison à Nantes, avec une grande quantité de livres rares.

« Tout ce que je puis me rappeler, touchant René, gentilhomme, c'est que j'ai eu en main un petit recueil d'environ cinquante feuillets in-12, contenant quelques pièces de poésie de ce Breton, qui y est qualifié de seigneur de L'Espine et de Kervaudoué. Mais ce que j'y trouvai de singulier, ce fut une pièce d'environ quarante vers que l'auteur affirme avoir faits sur-le-champ, à une maison de plaisance de M. le prince de Condé, qu'on appelait alors M. le Duc. Il la fit à l'occasion du tonnerre qui venait d'écraser une couronne ducale, placée sur le pilier de l'escalier du jardin de cette maison, duquel accident il tirait dans ses vers un augure, qu'il regardait comme certain, de la naissance d'un dauphin. Il fallait que la fureur poétique, ou plutôt prophé-

(1) Cette conjecture acquiert beaucoup de vraisemblance de ce rapprochement : « Jean de L'Espine, ministre calviniste, en demi-corps et vu de trois quarts, il est dirigé vers la droite. Sa tête est nue et ses cheveux sont ras. Le fond est clair. On lit en haut, dans une espèce de marge : *Mori et vivere Dno,* et sur la face de la console de support : JOHANNES . A. SPINA . ANNO . ÆTATIS . 48. » (*Le Peintre-graveur français,* etc., par M. Robert-Dumesnil, tome VIII, p. 61, n° 109 de l'œuvre de René Boyvin, dit Renatus, graveur angevin.)

Ce ministre est auteur des ouvrages suivans : *Excellens Discours de Jehan de L'Espine, angevin, touchant le repos et contentement de l'esprit.—Traitté de la providence de Dieu.* La Rochelle, Theophile Regius, 1588, in-8°; 1591, in-12.

tique le possédât bien pour faire dans le lieu où il était, une prédiction aussi contraire aux intérêts du prince de Condé, qui l'avait reçu chez lui, et qui, par la mort de Louis XIII et de Gaston d'Orléans son frère, était héritier présomptif de la couronne, car il y dit positivement qu'il ne doit plus se repaître de l'espérance de cette succession, et qu'il doit se contenter d'être toute sa vie M. le Duc tout court. Or cette prédiction ayant eu son effet environ un an après (autant que je puis m'en souvenir), ceux qui en avoient eu connaissance en furent si frappés d'admiration, qu'ils en firent des complimens à l'auteur, et ces complimens qui sont en vers dans ce recueil, au nombre de plus de vingt, sont entre autres de plusieurs officiers et ecclésiastiques de Nantes, et de quelques autres de Tours, si je ne me trompe; ce qui sert à prouver que cette prédiction n'avoit point été faite après coup. Du reste, les vers de cette pièce se sentent de l'impromptu autant que de l'enthousiasme, à en juger par quelques autres pièces de ce recueil qui sont un peu plus châtiées, mais en petit nombre; la pièce dont je parle, avec les complimens, contenant plus des deux tiers du livre. Une autre circonstance dont je me souviens, c'est qu'il paraît que cette prédiction avait procuré à l'auteur le nom de poète royal, mais je ne me rappelle pas qu'il en ait reçu d'autre récompense. »

(*Mercure de France*, juin 1745, 2e part., p. 113.)

Imitation de l'Orphée de Cassius de Parme,

Par Chevaye, *auditeur honoraire de la Chambre des comptes de Nantes.*

Quand le célèbre Orphée, au printemps de son âge,
Sur le luth maternel fit son apprentissage,
On rioit de le voir, sans règle et pesamment,
Tirailler les fils d'or de ce noble instrument;
Et sa voix, qui depuis enfanta des merveilles,
Par des sons discordans offensoit les oreilles.
Mais ce tems dura peu : la honte du mépris,
D'une ardeur généreuse enflammoit ses esprits,
Sous le joug de l'étude il aime à se réduire;
Et, livré tout entier au désir de s'instruire,

Tantôt de Calliope il médite les sons,
Tantôt du Dieu son père il goûte les leçons.
Enivré du plaisir qu'il prend à les entendre,
Nulle autre passion ne peut plus le surprendre.
Sobre dans ses repas, insensible à l'amour,
Dans ce doux exercice il passe tout le jour;
Et même, du sommeil bravant la violence,
De la nuit, par ses chants, il trouble le silence.
Enfin ayant uni tous les secrets de l'art,
Aux précieux talens dont le ciel lui fit part,
Il charma tous les cœurs de ceux qui l'entendirent;
Les forêts, les rochers, à l'envi le suivirent;
Il pénétra vivant au royaume des morts,
Et sut fléchir Pluton par ses tendres accords.
O vous, qui prétendez aux honneurs du Parnasse,
Prenez cette leçon du Chantre de la Thrace:
Ce sont les longs travaux, et les divers essais,
Qui font, dans tous les arts, naître les grands succès :
Il faut, pour mériter la palme littéraire,
Ne se pardonner rien de foible ou de vulgaire.

(*Journal de Verdun*, février 1758, pp. 134-35.)

LE VRAI SAGE,

IMITÉ D'UN PETIT POÈME ATTRIBUÉ A VIRGILE:

Vir bonus et sapiens, etc.

Le vrai sage, semblable à celui dont la Grèce
Fit par Apollon même attester la sagesse,
Pèse, balance tout au poids de l'équité;
De l'estime des grands ne fait point vanité;
Se rit des préjugés du crédule vulgaire,
Et fait résolûment ce qu'il croit devoir faire.
Prêt à se réformer sur le moindre défaut,
Il tient toujours en main l'équerre ou le rabot.
Il prend soin que son âme, en tout temps nette et pure,
Ne donne aucun accès à la moindre souillure.
Attentif sur ses pas, veillant sur tous ses vœux,
Sans cesse il se demande un compte rigoureux.
Surtout lorsque la nuit succède à la lumière,
Il fait de la journée une revue entière;
Sur le moindre faux pas il instruit son procès.

N'ai-je point, se dit-il, donné dans quelque excès?
Ai-je de mes devoirs bien connu l'importance?
N'ai-je en rien violé l'exacte bienséance?
Ai-je bien observé les lois de la raison?
Et tout ce que j'ai fait était-il de saison?
Ai-je eu sur mes penchans un assez fort empire?
Au lieu du bon parti, n'ai-je point pris le pire?
A l'utile honteux dans mon cœur comparé,
L'honnête a-t-il toujours eu le premier degré?
Me suis-je en mon maintien montré toujours modeste?
Ai-je su bien régler ma parole et mon geste?
N'ai-je point envié le sort de l'opulent?
N'ai-je point à regret soulagé l'indigent?
  Ainsi ses actions, ses désirs, ses pensées,
Par ordre en son esprit à loisir repassées,
Il se repent du mal, et le bien qu'il a fait
D'un doux contentement est pour lui le sujet.

(*Par* M. Ch., *auditeur honoraire des Comptes à Nantes*, 1761).

Notre conjecture que Chevaye avait survécu à Desforges-Maillard, mort en 1772, n'est pas exacte; mais il a bien terminé sa carrière à Clisson. Voici, en effet, son acte de décès, relevé dans les anciens registres d'état civil de cette ville :

Le 30 décembre 1766, a été inhumé dans le cimetière de cette paroisse le corps de messire René Chevaye, écuyer, conseiller du roi, secrétaire auditeur honoraire de la Chambre des comptes de Bretagne, décédé du jour précédent, âgé d'environ soixante-huit ans, vivant époux de dame Françoise Garciau; ce en présence de Me Philippe Chevaye, lieutenant particulier, assesseur criminel et premier conseiller à la sénéchaussée et siége royal de Beaufort en Anjou, de messire Jean Braud, recteur de Notre-Dame de Clisson, qui signent, et des soussignés :

CHEVAYE, BRAUD, recteur de Notre-Dame, GOUGERE, recteur de la Madelaine, RICHARD, recteur de la Trinité, fr. J. PAPIAU, religieux de Saint-François, ancien définiteur, P. MONGIS, chanoine, P. HULLIN, chanoine, FRUCHARD, recteur de Saint-Jacques de Clisson.

Nantes, Imprimerie Aud GUÉRAUD et Cie, rue Basse-du-Château, 6.

www.ingramcontent.com/pod-product-compliance
Ingram Content Group UK Ltd.
Pitfield, Milton Keynes, MK11 3LW, UK
UKHW020926180726
13838UKWH00002B/788